Rockstar

Kato Gutiérrez

Primera edición: Septiembre 2019

©Editorial Font, S.A.

© Derechos Reservados, Kato Gutiérrez 2017

Registro de autor
TXu 2-051-014

ISBN: 978-607-8557-32-5

Fotografía de portada y solapa
Juan Rodrigo Llaguno

Fotografía contra portada
Kato Gutiérrez

Portada-Diseño Editorial
Jessica Adriana Vallejo Huerta

Edición
María de Lourdes de León Cavazos

Impreso en México por Editorial Font. S.A. de C.V.

Junco de la Vega 357
Contry San Juanito, Monterrey, N.L. C.P. 64859
Tel. (81) 8342-0259 y (81) 8344-9727
editorialfont@gmail.com

Miembro de la Cámara Nacional de la Industria Editorial Mexicana
No. de Registro 2014

Rockstar

Kato Gutiérrez

Para mis hijos

De pronto, alguien me puso al frente de esta
banda de rock and roll, y decidí que eso era.
Ya no quería hacer otra cosa más.
Janis Joplin

1. Semana Santa 2015.

Su padre espera que el mesero termine de servir la Coca Cola Light en el vaso. Ya que están los tres solos, empieza el sermón. Que ya están cansados de mantenerlo. Que hasta cuándo podrá, al menos, pagar sus gastos básicos. Que pudo haber hecho tantas cosas. Que ya debería de regresarse de Nueva York y ponerse a trabajar en una de sus empresas. Que eso de querer ser músico siempre había sido una estupidez. Que se lo dijo tantas veces. Ni la mamá, ni Leo se animan a tomar un pedazo del rollo de sushi, eso suele molestar al padre. Le ordena que se siente bien en la mesa, que ya está grande para tener modales de puberto. No es la primera vez que tienen esta conversación. Todas las Semanas Santas en que Leo regresa a Monterrey, el padre elige ese restaurante japonés que está frente a la Calzada del Valle para ir a cenar el Jueves Santo y darle su discurso sobre lo decepcionado que está de él. La mamá sabe que elige ese lugar por la gran terraza con vista hacia la Sierra Madre, más que por el sabor de los alimentos. Este año, 2015, es lo mismo que los años previos.

Leo ha aprendido que lo mejor en esos momentos es quedarse callado. Como si nadaras de muertito, le decía su mamá. No discutas, sólo escúchalo. Ya van cuatro años que esa estrategia le ha funcionado. En Semana Santa y en Navidad, cuando es forzoso regresar a Monterrey, para evitar que se enoje aún más su padre y poner en riesgo el apoyo económico, Leo sigue al pie de la letra el consejo de su mamá: escucha los sermones de tu padre, pierde la mirada y quédate callado. Don Leonardo no le pide contacto visual, sólo quiere que lo deje recitar su discurso. Goza cuando le dice que pudo haber hecho tantas cosas.

Cuando Leo volvía, doña Lorena siempre tenía la misma discusión con su marido: le reprochaba que regañara tanto a su hijo. Tienes un placer extraño en verlo sufrir, le decía, parece que disfrutas al reprimirlo sobre lo mal que va en su intento de ser un guitarrista famoso. Don Leonardo siempre lo negaba, lo que sí es que el señor era otro cuando le tocaba ver a su hija la mayor: Lorena, su Lorenita.

El padre acaba su sermón y mueve su brazo derecho dando permiso para que empiecen a comer el rollo de salmón que ya no está tan frío. Sólo hubo una vez; era la primera ocasión que regresaba a Monterrey, cuando, durante el regaño, Leo lo interrumpió y dijo: ¿Ya acabaste? En esa ocasión, el padre golpeó tan fuerte la mesa de madera que los vasos y platos se elevaron como si hubieran brincado. Con el cuello inflado, le gritó que jamás lo volviera a interrumpir. Esas groserías no se perdonaban en sus épocas. El viejo llevaba su mano encaminada a plantarle una cachetada a su hijo, cuando algún recuerdo de su infancia le llegó y detuvo su brazo a medio camino. Leo entendió en aquella ocasión.

La mamá empieza a contar historias de sus nietos; al padre le cambia la cara. La madre le sonríe con los ojos a Leo. Terminan su comida japonesa después de una plática aburrida.

Doña Lorena entra al cuarto de Leo arrastrando las pantuflas rosas. Lo hace adrede, ese ruido siempre despierta a Leo. Abre lento la cortina color verde aceituna. Entran dos bravos y gruesos rayos de sol, partículas de polvo se ven flotar en el aire. Ya levántate, mijito, ya te dejé dormir hasta las once. Le pedí a Rosita que te hiciera unos chilaquiles; ya se han de haber enfriado. Allá en tu departamento en Nueva York te levantas a la hora que quieras; acá, si no te levanto a las once, tu papá se va a enojar más.

Desde que Leo casi muere ahogado en la alberca de casa de sus papás, hace unos siete años, su carácter ha cambiado. Antes sonreía más. En aquel entonces, la psicóloga dijo algo estúpido como que: debería de ver lo bueno de ese evento, valorar que seguía vivo, y que recordara que las tragedias pasan en cualquier momento, pero no. Él dejó de ser aquel joven alegre. No es que ahora ande triste, sólo más tranquilo. Rosita dice que esa tarde de la alberca el joven murió un poco. ¿Cómo iban a saber que aquel sábado no iba a ser uno normal? Uno como esos que empezaban tranquilos con algunas cervezas mientras se remojaban en la alberca. Que luego subía la música y la cantidad de amigos. Unos brincaban del trampolín, otros jugaban fútbol en el brillante césped, otros prendían el carbón. Luego, alguien acercaba la batería y se conectaban las guitarras eléctricas. Unas amigas tomaban los micrófonos, las horas se pasaban rápido. Alguien prendía el televisor que colgaba de una pared de la palapa y veían algún partido de fútbol. Para eso había sido diseñado el patio. Yo quiero que aquí hagan todas sus reuniones mi Lorenita y Leo, para eso lo hice, presumía don Leonardo. Antes de que Lorena se casara usó muy poco el patio, mucho menos la alberca. Ella era más tranquila, tenía pocos, aunque muy buenos amigos, según su padre. Pasados los años, a don Leonardo le molestaba el ruido que hacían en esas fiestas de los sábados, sin embargo, doña Lorena rápido lo controlaba: Ni se te vaya a ocurrir repelar, si tú lo construiste.

Aquel sábado eran pocos amigos, no más de diez; desde una pequeña bocina sonaba música de jazz a un volumen bajo. No había mujeres. Unos veían la televisión, otros se divertían con juegos de destreza en el jardín cuando Leo tropezó al lado de la alberca, la unión de la banqueta era de pequeñas piedras; una de ellas estaba un poco más elevada, había pasado por ahí miles de veces, sin embargo, ese sábado su dedo gordo topó con la piedra; del dolor trastabilló y perdió el paso. Algunas cervezas le habían disminuido sus reflejos, por lo que se tropezó y cayó de lado. Por costumbre o falta de reacción, no soltó la botella que traía en la mano izquierda. Su cabeza rebotó en la orilla de la banqueta, su cuerpo giró para que, lento y en silencio, entrara a la alberca y se fuera hundiendo sin que nadie se diera cuenta. No se sabe bien cuántos segundos pasaron, o quizá minutos, hasta que Chalío, el jardinero que cortaba la enredadera de jazmín en la alta barda de la mansión de la calle Nilo, viera una sombra en el fondo de la alberca. Gritó en una lengua que usan en su ejido de San Luis Potosí, aventó las tijeras y corrió. Atravesó el enorme jardín. Los amigos no se inmutaron ante el extraño grito, ni siquiera al verlo correr, y siguieron en lo suyo. Chalío se tiró a la alberca sin importarle que no sabía nadar. Por instinto, se hundió hasta el fondo y sacó el cuerpo inconsciente del joven Leo. Los amigos por fin se percataron. Gritos, histeria, reclamos, caos y los silencios que suceden en esos momentos. Uno gritó a la nana para que llamara al 911, otro reclamó que ese servicio nunca funcionaba. Otro amigo, con una mente audaz, recordó que la vecina estudiaba medicina, y fue a timbrar como un loco en la casa de enfrente. Regresó en segundos, agitado, con la estudiante a su lado. Ya había llantos. El cuerpo inmóvil imponía. A Chalío le empezaron a temblar las manos, se retiró unos pasos cuando no pudo controlar su llanto. Rosita tenía dos teléfonos en las manos y otro más que se detenía con el hombro, hacía múltiples llamadas. Ella tenía la quijada apretada y hablaba con fuerza: No se nos va a morir, joven. No se nos va a morir, joven. No se nos va a morir, joven. La estudiante montada sobre Leo le oprimía el pecho con desesperación. Regresa, cabrón, regresa, le decía. La música de Coltrane a lo lejos hacía que todo fuera más fúnebre. Cuentan que pasaron más de dos minutos, y lo único que se escuchaba eran sollozos y el golpeteo de las manos de la vecina en el pecho de Leo, cuando, de pronto, un chorro de agua brotó de su boca; la vecina lloró de alegría y cayó exhausta, tendida a su lado. Dicen que desde ese día él es otra persona.

Qué ironía que hubiera muerto ahogado, fue lo primero que dijo el padre al regresar a su casa y enterarse de lo que sucedió aquella tarde de sábado. Doña Lorena se abrazó más con Rosita que con Leo. Se bloquearon y no quisieron creer la historia que todos contaban. Muy apenas le agradecieron a Chalío, y a la vecina ni las gracias le mandaron. Siempre me han dicho que es un gran nadador, y mira nada más cómo casi se nos muere, le decía con tono sarcástico don Leonardo a su mujer. Sí, hubiera sido muy irónico.

Leo ya sabe que sus padres, incluso su hermana, se turnarán durante toda la semana de su estancia para impartirle regaños, chantajes, reclamos y sermones. Mientras come sus chilaquiles fríos y ya aguados, la madre empieza: ¿Cuándo vas a conseguir un trabajo, mijito? A veces los artistas también tienen que trabajar como la gente normal. Ya estás grande, ya tienes veintiocho, no puedes pasar por la vida como un soñador, mijito. Al menos, ¿sigues tocando? ¿Ya no tocas en aquel bar de jazz? ¿Ahora con quién te juntas? ¿No has conseguido novia? Ya deberías componer esa canción que te haga superestrella. No sé cuánto tiempo más tu padre va a estar dispuesto a seguir pagándote todo. El mes pasado firmaste muchísimo en la American Express. ¿Pues cuántas guitarras necesitas comprar? Bla. Bla. Bla. Leo se enfoca en los chilaquiles. Ve, aunque ya no escucha más. Pinta una sonrisa leve. Se limpia la crema que le quedó en la orilla de la boca. Dice buen provecho y se va. Como si nadara de muertito.

2.

Hace ya muchos años, antes del susto del ahogamiento, allá por el 2002, cuando Leo estaba en preparatoria, tuvo que ceder ante la hartante insistencia de sus padres: Tienes que hacer ejercicio o no te dejaremos tocar más. No todo en la vida es música. Y, muy a su pesar, entró a un club de natación. Nadaba todos los días al final de la tarde. En la alberca encontró un extraño placer, aunque eso nunca lo reconocería ante sus padres, mucho menos ante sus amigos. Al nadar sentía inspirarse, escuchaba melodías nuevas. Su enorme imaginación se sentía libre bajo el agua. Perdía la cuenta de los metros nadados porque en el fondo de concreto de la alberca buscaba figuras, veía pentagramas con alguna melodía escrita que luego, esa noche, intentaría replicar en su guitarra. En el agua, volteaba a los lados y veía hermosas sirenas de largos cabellos morados que le sonreían, le invitaban a tocarlas, le susurraban la letra perfecta de la canción que soñaba escribir. Seguía fingiendo que no disfrutaba nadar, seguía quejándose, pero en el fondo, nadar era divertido.

Siempre fue delgado, y en esos años su cuerpo se hizo más fuerte. El abdomen se le marcó. La espalda se le hizo ancha. Fue más fácil tener novia. Novias. Amigas. Amigas con derechos. Luego prefirió no tener compromisos, algo que su padre le criticaba, y decidió mejor tener muchas amigas. La amiga bajista con quien intentó hacer una banda. La amiga muy inteligente quien le compartía sus apuntes y quien sólo buscaba una sonrisa dulce de Leo; imposible lograr con ella algo más. La amiga rebelde, para esa época, que tenía el cabello muy corto, rapado al estilo militar color rojo, algunos piercings, muchos tatuajes y con quien podía planear algún viaje que los liberara de todo o crear alguna agrupación que promoviera los derechos humanos. La amiga liberal que buscaba cuando tenía pensamientos eróticos y lo invitaba a tocarla. La amiga a quien le podía invitar un café y contarle cualquiera de sus problemas con sus padres y pasar horas enteras reclamando lo injusto que era su familia con él. La amiga simpática que quería presumir a su amigo guitarrista que a veces tocaba en alguna fiesta de la preparatoria y quien, muy a su pesar, ante la insistencia de todos, en ocasiones cantaba algunas canciones de trova.

En aquel entonces, ya llevaba varios meses nadando cuando un día, en el carril de al lado vio un cuerpo nuevo. En la orilla, ella se quitó los goggles y lo saludó. Creo que aquí le ponen mucho cloro a la alberca, ¿no? Leo no supo qué decir, apenas sonrió un poco cuando ella ya se escabullía al agua de nuevo. Raquel nadaba más rápido que él.

3.

Resultó que Raquel llegó a la mitad del año escolar no sólo al club de natación, sino también a la misma escuela de Leo. Unos días después del primer encuentro en la alberca se cruzaron en un pasillo de la preparatoria. Nadas lento y también caminas despacio, fue lo primero que Raquel le dijo con una gran sonrisa en la boca. Algo estúpido contestó Leo, y los dos sonrieron. Desde que Leo cumplió catorce años algunos de sus amigos se burlaban diciéndole que caminaba lento. Siempre andas ahuevado, Leo.

Raquel era intensa. Llena de energía. Activa. Con mirada profunda y sonrisa amplia. Sí, sí era bella. Tenía un cuerpo delgado y delineado; además, tenía algo extraño que cautivaba a muchos. En las fiestas no usaba la falda más corta ni la blusa más apretada; no lo necesitaba. Atraía a los hombres como abejas a la miel. Era muy segura, conocía sus límites y sus atributos. Decía que desde niña sabía lo que quería estudiar. Aseguraba conocer su destino y lo exitosa que sería su empresa cuando terminara la universidad. Era muy placentero estar con ella; le decían que tenía muy buena vibra.

La época de la preparatoria Leo la pasó perdido en intentos por formar alguna banda de rock and roll o de jazz. Algo que al menos durara tres meses. Aunque eso es muy complicado a esa edad. Prefería una noche tocar con su banda en su casa, que ir a una reunión de la escuela. Desde entonces estaba en búsqueda de la melodía perfecta, la canción que le cambiaría la vida. Que lo independizara y lo hiciera una gran estrella. Sentía estar a unos acordes de distancia para presentarse en algún estadio gigantesco dando un memorable concierto de rock. También disfrutaba mucho el jazz, lo cual no era común para su edad. Su padre le reclamaba que hasta para eso era raro: No te pueden gustar el rock and roll y el jazz, son cosas diferentes. Además, el jazz es para abuelos, es música para supermercados.

Raquel era imparable en la escuela. Tenía calificaciones perfectas. A pesar de tener poco tiempo de haber llegado, ya conocía bien a los maestros, al director, a los vigilantes, a los de limpieza. Con todos era amable. Era inquieta; decía que había millones de cosas por hacer y cada día que pasara era una oportunidad para mejorar como persona y como sociedad. Si no hacía algo adicional a la escuela sentía que era un día desperdiciado. La mesa directiva de alumnos la invitó a participar; era imposible ignorar su entusiasmo y sus resultados. Ya había formado un grupo para ir a visitar un asilo de ancianos los sábados por la mañana. Organizó una exitosa campaña de reciclaje de baterías. Logró que la tienda de la escuela usara materiales reciclables. Hizo una colecta de ropa usada para regalársela a los vigilantes y a los de limpieza. Al restaurante de la escuela le exigió que obtuviera el distintivo H, de lo contrario haría una campaña para que nadie le comprara. Empezó a juntar firmas para exigir que hubiera al menos dos restaurantes, y con menús más saludables. Pareciera ser mayor a todos o estar adelantada a su época.

Raquel y Leo eran muy diferentes: ella activa, él pasivo. Ella hablaba mucho más que él. Ella, con decenas de amigos; él, con unos pocos. Sin embargo, en las noches, en el club de natación, eran similares. Bajo el agua se miraban y sonreían. Jugaban carreras, se ayudaban con la técnica, se burlaban de la panza del entrenador. Retaban algunas órdenes del capitán del equipo. A veces sus manos chocaban en alguna celebración, a veces sus cuerpos se rozaban. La pasaban bien en la natación.

Una noche de verano, al terminar el entrenamiento y mientras secaban sus cuerpos, Raquel le preguntó: ¿Cómo va la banda? ¿Cuándo graban un disco? Leo sólo dijo que bien. No pudo contestar más porque se quedó sorprendido. Nunca habían pensado en eso. Sólo se juntaban a tocar, a soñar con éxitos del futuro, a fumar, a pasar las tardes, nunca a planear. Así era Raquel: asertiva, directa, inteligente. Invítame un día a un ensayo.

Unas semanas después, Leo se animó y la invitó. Pensó que causaría envidia con la banda. A donde entrara Raquel, atraía todas las miradas; era como un tornado de rayos de sol. Su sonrisa era imposible de olvidar. Leo se dio cuenta de la emoción de todos sus amigos; el vocalista raspó la garganta, el baterista se levantó las mangas de su camisa, el bajista la miró maravillado. Yo la invité, gritó Leo, y se acercó rápido para ser el primero en saludarla. Tocaron tres canciones de los Red Hot Chili Peppers y una de Foo Fighters. Lo hicieron muy bien, les emocionó ver cómo Raquel meneaba sus caderas y marcaba el ritmo con su pie. Al final de la cuarta canción, ella preguntó si no tenían alguna canción propia. Silencio total. Ese era el tipo de habilidad que poseía. Como si supiera cuál era la pregunta necesaria. Siempre sabía cómo encender una idea o sembrar una duda. Nunca parecía que lo hiciera con mala intención. Y eso es lo que aturdía a Leo. Le gustaba escucharla, le sorprendían las ideas y la visión de Raquel, aunque, por otro lado, le incomodaba lo que causaban en él. Lo hacía pensar. Le provocaba incertidumbre e incomodidad. Le hacía cuestionarse. A veces eso estaba bien, aunque en otras ocasiones le molestaba. Un tío mío, hace algunos años tenía una banda que escribió una canción, y fue todo un éxito en Monterrey, les compartió Raquel. Deberían escribir su música. El de la batería mentía al decir que llevaba meses diciéndoles eso. Mentir por mujeres a esa edad era muy común.

Raquel pidió permiso en la preparatoria para que un sábado por la tarde les permitieran hacer un concierto en el patio. Sería la primera tocada oficial de la banda de Leo. Imprimió boletos. Habló con la junta de vecinos para solicitar su aprobación. Hizo unos volantes. Obtuvo el permiso de la Dirección para pasar a los salones a vender boletos en las mañanas. Llamó a otras preparatorias para invitarlos al evento. Se agotaron los boletos en tan sólo una semana. La banda de Leo tocó diez canciones de rock. Las utilidades del concierto se usaron para comprar cobertores y entregarlos en el sur del estado, en donde el invierno pegaba muy duro. Al final, le dijo a la banda que para la siguiente tocada tenían que interpretar al menos una canción propia. Si no hacían eso, la gente nunca iba a interesarse en ellos. Cualquiera toca un cover, decía.

Lo que Raquel organizaba terminaba muy bien. Con ella todo siempre marchaba perfecto. Obvio que causó muchas envidias, las cuales sorteaba con habilidad. Pareciera que sabía lo que estaba por suceder.

En otra noche, después de la natación, Leo no se contuvo: ¿Cómo le haces? ¿Cómo le haces para que todo siempre te salga bien? ¿Cómo le haces para siempre estar feliz? No sé, se me da. Así soy.

No sé a dónde voy, pero te prometo que no será aburrido.

David Bowie

4.

Leo sobrevive la Semana Santa lo mejor que puede. Acompaña a su madre a varios eventos de la iglesia en donde mata el tiempo viendo Facebook en su celular. Evita a su hermana. Sabe que lo querrá regañar y reclamarle todo lo que les hace gastar a sus padres, así como las mortificaciones que les causa cuando por días no saben nada de él. Mañana regresa a Nueva York, a su libertad y su estilo de vida. Está en su cuarto haciendo su maleta mediana cuando su padre toca la puerta. Sabe que es él por la forma en que golpea la madera. Ya conoce lo que sigue: el último discurso, la última amenaza. Espera que también entre su mamá, así será más fácil aguantar el regaño final. Para estas alturas es muy fácil predecir lo que hará su padre. Don Leonardo es muy metódico, para todo tiene un plan. La rutina y el orden le agradan. En los cuatro años anteriores, cuando Leo regresa a casa siempre ha sido lo mismo. Pero hoy no. Hoy el padre está cansado. Ya me colmaste la paciencia. Ya estás grandecito, ¿qué tienes, veintinueve? Veintiocho, papá. Ya me fastidié de mantenerte, de creer en tu ilusión estúpida de que serás un gran músico, estoy cansado de esperar ese disco que te va a cambiar la vida. Estoy hasta la madre de que me veas la cara de imbécil. Tienes seis meses más. A partir de ahí te las arreglas tú solo. Tú sabrás qué haces, yo no te daré un centavo más después de ese tiempo. Ni siquiera esta noticia sobresalta a Leo; así es él, tranquilo. Voltea a ver a su madre y, antes de pedirle su apoyo, doña Lorena dice que inicialmente iban a ser sólo tres meses. Organízate, mijito. En seis meses tienes oportunidad de conseguir un buen trabajo, algo que te dé una visa, para que te quites ese pendiente y que te den buenas prestaciones, dice preocupada doña Lorena. Qué chingados va a querer un trabajo de esos tu hijo, brama don Leonardo. Leo sigue callado. Así le gusta reaccionar. Mudo para, una vez que pase la emoción o el enojo, poco a poco digerir la noticia. No se diga más, dice el padre. Que tengas buen viaje, mijo. Le da un abrazo desganado y se retira del cuarto.

Lavó Rosita toda tu ropa, mijito. Ten este sobre que te separé con algunos dólares. Te compré dos paquetes de carne seca y te puse una bolsa con un kilo de tortillas de harina. Antes le reclamaba estos detalles, le decía que ya no era un niño, que dejara de tratarlo así. Ahora ya no tiene humor de recriminarle nada a su mamá. Hoy le urge estar en Nueva York. En su departamento, con sus ruidos, con la soledad que ya conoce bien. Con su libertad.

Amanece. Leo se siente lleno de energía; es el día más feliz de esta semana. Logró evitar a su hermana, a pesar de que esto le causó un regaño más de sus padres. Qué triste que no se lleven bien entre hermanos, mijito. Lorena tampoco hizo mucho por buscarlo; según ella estaba muy ocupada con actividades de la iglesia, y los días pasaron rápido.

Esta semana, Leo sólo fue el martes al Club Campestre; se tuvo que levantar temprano y, con un desgano total, ir a jugar tenis con su tío. Esta semana la ciudad es diferente, está como adormilada, lenta. Como el Leo de hace siete años para acá, como lo que quedó de él después de aquel día en que casi se ahoga.

Sus padres están en otra celebración de Cuaresma en la iglesia. Rosita no está, es domingo. Su madre le dejó unos tacos de huevo con jamón envueltos en papel aluminio, y una pequeña nota donde le decía que lo quería y también le pedía que le echara ganas. Vibra su celular, el Uber está afuera. Sale Leo, se sube e inicia el ansiado regreso a su Nueva York. En el asiento del Audi A4 da un gran suspiro: el mejor momento de toda la semana. No se percata de lo hermoso de la mañana ni de cómo brillan las rocas de las grandes montañas. Siente que toda la presión desaparece. Envía algunos mensajes a amigos de Nueva York, allá todo es más fácil y auténtico. Allá nadie aparenta. Hoy estará en su ciudad preferida, en el pub favorito, tomará unas cervezas, contará algunas historias de cómo sobrevivió esta semana en Monterrey.

El camino que lo lleva al aeropuerto en algunas ocasiones lo pone emotivo. A veces, cuando lo recorre, el pasado se le aparece. Recuerda aquel primer viaje solo, a los once años, cuando lo mandaron a un campamento de verano a Boston durante un mes entero. No debía llamarse campamento, ya que estaba el día entero encerrado en un salón en clases de inglés. Nunca les contó a sus padres ni a nadie todo lo que lloró ese verano. Extrañó su guitarra, sus amigos, su tiempo libre en Monterrey, los viajes a la playa, y sobre todo a sus padres. Era un niño. También se acuerda de aquel viaje que organizó en unas horas, y la primera aventura buscando a quien creía era el amor de su vida. La primera escapada sin avisar. El primer viaje comprando el boleto del destino al azar en el mostrador del aeropuerto. La primera vez que viajó con su guitarra porque quería hacer audiciones en escuelas de Nueva York. También recuerda el primer viaje que hizo solo con su padre, tenía trece años. Evoca la gran alegría que sintió esa mañana. Tiene en su memoria, claramente, la imagen de ellos dos cuando iban por el túnel del aeropuerto tomados de la mano, torciendo su cuello para levantar la mirada lleno de admiración y descubrir que el rostro de su padre no se veía tan feliz. Aquella escapada a Europa con una amiga de la universidad, llevando sólo una mochila en la espalda. No entiende por qué el recordar esos viajes lo entristece, si siempre ha dejado esta ciudad con alegría. Se acuerda de varias despedidas en la puerta del aeropuerto: de amores, de amigos. Llantos, flores, regalos, abrazos y cuestionamientos de por qué la gente se separa, por qué la gente realiza búsquedas desesperadas, por qué arde la ciudad, por qué arde la familia, por qué duele, por qué chingados le tocó vivir aquí. Las montañas de la urbe van quedando atrás. Empieza a mover sus dedos simulando tocar una canción en su guitarra eléctrica que este año ni siquiera trajo a Monterrey.

A unos simples acordes de distancia. Recuerda los años en que se repetía esa frase cientos de veces durante el día. Se levantaba y se dormía animándose con ese pensamiento. Tarareaba un ritmo, otro, una melodía, un tono, un riff. Cerca, cerca, se sentía cerca. Pero no pasó nada, al menos hasta hoy. La melodía perfecta no ha llegado, la letra tampoco.

Se pone sus audífonos, enciende el reductor de ruidos y busca con desgano en Spotify alguna canción que lo distraiga y lo saque de ese torrente de recuerdos. Ya no quiere ver hacia el monte, odia cómo se ve la tierra salpicada de delgados mezquites y algunas chozas de adobe y madera. Ve su Facebook con desdén; mueve el dedo por inercia, como lo hace en muchas ocasiones en la guitarra. Detesta ver en lo que se han convertido muchos de sus amigos que se quedaron en Monterrey. Al menos, él aún tiene el valor de seguir luchando por su sueño. Se le viene el recuerdo de cuando Raquel le dijo por primera vez, hace muchos años, que debía componer alguna canción. Ya sabe cuáles son los pensamientos que se le van a aparecer y el camino que seguirá su memoria. Y siente de nuevo a Raquel; evoca cientos de conversaciones con ella en las que insistentemente le sugería, incitaba y demandaba que escribiera su propia música, sus letras. ¡Ni que fuera tan fácil, Raquel! Le gritó en muchas ocasiones. ¡Qué simple es pedir cuando tú no haces nada! Y así, más respuestas por el estilo.

La verdad es que desde la primera vez que Raquel se lo dijo, en la época de preparatoria, Leo empezó a intentarlo. Sin embargo, ninguno de los resultados le han convencido. Sólo en una ocasión, en alguna fiesta de la universidad, se animaron a tocar dos canciones que entre todos los de la banda habían creado. El resultado fue horrible. Al terminar la primera canción los abuchearon, y a la mitad de la segunda tuvieron que parar porque el público empezó a aventarles vasos llenos de cerveza y bebidas. ¡Toquen una de Pearl Jam! Y callaron, y volvieron a los covers. Desde entonces Leo no se ha animado a tocar en público algo de su autoría. Se dedicó a ensayar música de otros. Fácil, difícil, famosa, desconocida, trillada, lo que sea de otros. Es su zona de confort. Sin embargo, en algún lugar de su ser aún tiene algo de esperanza, aún intenta, y mueve los dedos en sus trayectos por el metro de NYC. En ocasiones escucha una canción que le emociona, que le causa un calambre en la nuca, que le trae una idea, una melodía nueva, una que le cambie la vida. A veces observa a alguna mujer hermosa, un trasero o una sonrisa, y fluyen las ideas de una historia que cantar, luego la inspiración acaba pronto. Como siempre, dejas todo incompleto; es otro de los reclamos de su padre. Muchas noches las ha pasado tocando su guitarra, con sus audífonos puestos y escribiendo letras y notas, aunque los pentagramas siempre amanecen tachados.

Hubo un tiempo, cuando recién llegó a Nueva York, en que pensó que la inspiración tenía que buscarla en algún lugar de la ciudad, y con entusiasmo se movía, viajaba, interactuaba. Hablaba con desconocidos, pasaba cientos de horas en bancas de parques viendo gente pasar. Tocaba en las escaleras de varias estaciones del metro. Pasaba días enteros en museos viendo cómo las mujeres hermosas observaban las obras de arte. Tardes completas viajando sin rumbo en vagones del metro, contemplando la mayor cantidad de personas para inventarles historias. Días seguidos en los autobuses turísticos para conocer gente de cualquier lugar del mundo, esperar el momento mágico en que llega la idea. Fue con chamanes, brujos, psiquiatras, prostitutas, sacerdotes, coaches de vida. Tocó en cualquier bar que le dieron oportunidad, cantó en cientos de banquetas. Pasó el tiempo y luego el entusiasmo bajó. Empezó a preguntar a desconocidos y al público del bar en donde tocaba covers, cuál sería la canción perfecta. Y casi siempre, sin importar a quién se lo cuestionaba, las respuestas tenían algo de burla y sarcasmo. Había pocos resultados decentes; por ejemplo: una que haga sentir; una que no pueda dejar de cantar todo el día, una que me emocione, que lleve la palabra amor, que me haga brincar, que me cuestione. Había también otras expresiones como: Una que no toques tú, una de Van Halen, una que me cante tu mamá. Dejó de preguntar.

Muchas veces iniciaba una melodía nueva, le gustaba, y unos segundos después, sus dedos parecían tomar autonomía y volvían a ritmos conocidos, y terminaba tocando alguna canción de B.B. King o Guns and Roses. Nunca pensó que iba a ser tan difícil escribir una canción y tener un estilo propio. Dejó de intentar, sin darse cuenta se fue venciendo. Si muchos buscaban guitarristas para bandas que tocaban covers, pues a eso se dedicaría. Y eso hizo durante varios años en Nueva York.

Hoy va de regreso una vez más a la Gran Manzana, y mientras sube al avión tiene unos segundos de auténtica introspección. Piensa y se pregunta: ¿realmente has hecho todo por el sueño? Se asusta por haber tenido ese pensamiento. Según él, siempre ha intentado con todo; según él, toda su vida siempre ha tenido el sueño de hacerla en grande como músico. Su postura en las constantes discusiones con sus padres siempre ha sido que no se siente entendido ni apoyado. ¿Cuántos guitarristas van tras el mismo sueño? Tú crees que es fácil, papá. ¿Cuántos ingenieros crees que hay en el país?, es la respuesta del padre. Recuerda cientos de discusiones en donde pide una oportunidad más, en donde siempre se coloca a la defensiva y expresa que no quiere regresar a Monterrey, y menos a trabajar en la empresa del padre.

Aterriza en Nueva York, llega a su pequeño departamento y percibe el olor a humedad del viejo edificio. No puede dejar de pensar en su padre, le invaden sus reclamos. Disfruta el silencio. Le gusta estar solo. Goza el patio central del edificio. Le divierte poder ver las ventanas de los vecinos del otro lado del patio. Le encanta la rusa con quien ha hablado de ventana a ventana. Le agrada la vieja fachada de ladrillo rojo. Le complace no ser nadie en esa ciudad. Le cautiva pasar desapercibido. Le regocija su libertad. Le encantan sus amigos y amigas. Le deleita el pequeño pub irlandés que hay frente a su edificio, porque es de los pocos que no tiene pantallas transmitiendo deportes. Le regocija el clima fresco, no como el calor húmedo de Monterrey. Le encanta el bullicio del barrio, cómo suenan las sirenas de la policía, cómo se escucha alguna banda improvisando un jazz. Disfruta oír diversos idiomas por todos lados. Le gusta cómo la vecina de Armenia grita todo el día regañando a sus nietos; un día pensó usarla de inspiración, luego reconoció que no era una historia apta para una canción de rock and roll ni de jazz. Así es él. Muchos de sus sueños ni siquiera dan el primer paso. Muchas ideas que le han emocionado sólo se quedan en instantes de euforia.

Cruza la calle, llega al pub, con cerveza en mano y sentado en la barra, quiere dejar de pensar. Abre su celular e intenta perderse en alguna estupidez de las redes sociales. Por fin llegan algunos amigos, entre ellos Ed, y lo salvan de él mismo. Ya no piensa en nada, ni en los regaños, ni en el ultimátum, ni en planes, ni en remordimientos. Siente el pecho relajado por primera vez en muchos días. Respira más fácil, siente pertenecer ahí, a eso. Mañana a ver qué pasa. Este momento con cervezas y amigos le es suficiente. Si hay algo que reconocerle es su pasmosa tranquilidad.

5.

¿Cómo que de qué voy a vivir? ¿Cómo que de qué chingados?, pinche ruco. ¡De la música! ¡Del rock and roll, chingadamadre! Hasta parece que soy el primer pendejo en toda la historia del planeta que busca un puto sueño en el rock and roll. No voy a acabar encerrado en una de sus empresas, en un piso lleno de escritorios y pequeños cubículos grises, perdiendo el tiempo frente a un monitor. No puedo imaginar a Freddy Mercury teniendo un trabajo común y corriente en la empresa de su padre. Tampoco voy a lavar trastes para mantenerme aquí. Voy a tocar música, y se chingó.

Me vale madre cuántas pinches puertas tenga que tumbar. Yo voy a seguir tocando. ¿Qué cuántos ingenieros creo que hay en México? Pues me vale reverenda madre, si son diez mil o diez millones. ¡Me vale una chingada! Me vale madre si todos los que estamos en Nueva York somos guitarristas. Yo voy a seguir tocando.

Ni de pedo voy a regresar a ese Monterrey en donde todos son idénticos. Visten, comen, compran y hacen todo igual. Van a donde mismo. Aquí en Nueva York es lo opuesto, acá todos son diferentes, no es necesario fingir, no importa nada. Entre más diferente seas, mejor. A la gente no le interesa el resto, sólo su pequeño grupo de amigos. No hay juicios ni críticas. Todos llegamos en búsqueda de un sueño. Es fácil perder la noción del tiempo; en verdad tengo que ponerme a contar los años que llevo en esta ciudad. Es sencillo disiparse, y eso me gusta. Algún amigo dijo esta frase cuando apenas llevaba aquí unos tres meses, y en ese entonces me gustó: Me tengo que perder para encontrarme. Ahora, años después y sintiendo los treinta cerca, sí acepto que esa frase se escucha muy pinche cursi y estúpida.

Odio la palabra indeciso. Detesto muchas de las palabras que mi papá usa en sus discursos y regaños. Se le olvida que ya tengo casi treinta, y me sigue viendo como el huerco con la guitarra colgada en la espalda. Me caga la forma en que me las dice, parece que tuviera un desprecio especial hacia mí. Como si los labios le ardieran del coraje. Es muy obvio la forma en que cambia el semblante cuando se refiere a mi hermana. Me fastidia que me llene de etiquetas y me diga que lo decepcioné. Pareciera que ya todo acabó, como si él o yo estuviéramos al borde de la muerte. Algún mérito debe tener vivir acá estos años, pero, a huevo, sólo ve lo malo, nada más ve lo negativo.

Por más que quiera yo esta ciudad, también estoy de acuerdo con lo que muchos dicen de que es una jungla. Vivir así también es rudo: sin algo a lo que te sientas pertenecer. Siempre con prisa, en departamentos muy pequeños y muy caros. Con las sirenas sonando por toda la ciudad y un tráfico del carajo. Depende de cómo lo veas y del humor en que andes.

Odio cuando se burlaba de mí por la forma en que me colgaba la guitarra en la espalda. No entiendo por qué mi chaqueta de mezclilla llena de parches de bandas de rock le molestaba tanto. Se reía, y burlándose me decía que ya no tenía quince años para seguir vistiéndome y viviendo así. A Lorena la felicitaba por cualquier dibujo o maqueta que hacía cuando estaba en prepa, decía que era muy artística, ¿y a mí? A mí siempre me ha menospreciado; me dice que soy muy blando e indeciso. Su frase favorita para hacerme sentir mal es: Hubieras podido hacer tanto. Lo que no sabe es que quizá sí he hecho mucho o estoy por hacer, aunque no algo que él hubiera esperado de mí. A ver, que me diga ¿cuántos regios han logrado lo que yo aquí? En Nueva York la competencia es mundial. En varios lugares donde he tocado he sido el primer extranjero que lo logra. También olvida la distinción de haber debutado en el Winter Jazz Fest, o cuando formé parte durante dos semanas de la banda The Tonight Show. Pero no, él siempre se queda con lo malo. Desde aquella vez que no me pude graduar en la escuela de música Juilliard School, creo que ahí se le acabó la paciencia. A pesar de que no le hacía falta la lana, me reclamó el alto costo de las colegiaturas, como si a mi hermana nunca le hubiera prestado dinero para apoyar el negocio de mi cuñado. Lo que no sabe es que yo hubiera sido el primer mexicano graduado de la famosa Juilliard School de Nueva York. ¿Por qué no ve que al menos lo intenté? Y me hubiera gustado intentarlo de nuevo; aquella vez estuve a punto de graduarme; de hecho, lo que me lo impidió fue la calificación tan baja que tuve en la prueba final. ¿Cómo no iba a fallar si al momento de la improvisación salió el exvocalista de Van Halen a cantar con nosotros? Además, el pendejo del bajo era un hispano con quien, en plena tocada me peleé. Por los nervios tocamos pinchísimo. Si no hubiera salido Sammy Hagar, lo hubiera hecho mejor.

6.

A Leo le gusta dar caminatas largas por la ciudad, al menos en Nueva York. Desde que llegó, en su afán de buscar inspiración siempre se ha movido por muchos rumbos. Hoy pasa frente a la escultura que dice LOVE y en donde cientos de turistas se toman fotografías. Sonríe. No entiende por qué todos quieren fotos en los mismos lugares. Piensa que siempre es mejor crear una tendencia en lugar de seguirla. Cree que se deberían de fotografiar en lugares poco comunes. En una esquina cualquiera, un callejón, en la cocina de un restaurante; en esos lugares cree que se encuentra la verdadera identidad de las ciudades, aunque ya sabe que a la mayoría le agrada pertenecer a grupos grandes, con gustos similares por no decir idénticos.

Desde joven le decían que era muy sensible. Que no aguantaba las burlas ni las bromas, que se tomaba todo muy a pecho. Que era muy sentido. Le tomó algunos años reconocer que sí era cierto y, además, descubrir que ser así era una virtud para un músico; en teoría, esa sensibilidad le debería ayudar al momento de crear su música. En teoría.

Se sienta en una banca de cualquier parque. No en Central Park. Abre el periódico en la sección de avisos de ocasión. Siempre ha creído que en esas páginas se proyecta algo de la esencia de la ciudad. Como un grito mudo. Como una muestra de lo que esa masa de edificios, calles, concreto, olores y personas en realidad son. Tenía años de no ver esas hojas. Nunca pensó que sería necesario trabajar para vivir. Supuso que, a pesar de todo, su papá lo seguiría apoyando; ni que le hiciera falta el dinero a su familia. Siempre creyó que en realidad la iba a hacer en grande como músico. El día que llegó por primera vez a la Gran Manzana pensaba en la historia de la canción de *Here I go again*, de Whitesnake. Hoy, que está viendo los avisos de ocasión, reconoce que ya no confía tanto, y le causa tristeza no saber cuándo dejó de creer. Le aturde pensar, aunque sea por unos instantes, que quizá su padre tiene algo de razón.

Duda si realmente la vida se le está pasando. Siempre había sentido que, a pesar de los años, de los intentos, de la rutina, a pesar de todo, le quedaba una pequeña esperanza. Hoy no se siente así. Hoy se siente vacío. Percibe que un río de corriente salvaje se lo ha llevado desde hace tiempo. Quisiera saber lo que su padre había hecho a su edad, no puede hacerlo, porque nunca le han interesado las historias de su vida; duda si en realidad ha intentado con todo el corazón. En este momento se talla el pecho. Le arde. Le molesta batallar para contar los años y saber qué es lo que sucedió en cada uno de ellos. Le llegan recuerdos vagos de emails con los estados de cuenta de su tarjeta de crédito, y de cuando lo único que hacía era enviárselos a la asistente de su padre. Pasan rápidamente por su mente imágenes de bares, mujeres y público emocionado mientras él, arriba del escenario, toca la guitarra. Tan fácil que parecía todo hace algún tiempo. Tan rápido que pasaron sus veintes. Tan repentinos los años.

Frente a su banca, sobre el camino pavimentado, ve pasar a ejecutivos con prisa, a corredores. Observa diversos estilos de vestimenta; se pregunta en qué trabajarán y si son felices haciéndolo. No quiere ser ninguno de ellos. Está seguro de que quiere ser un gran guitarrista, sólo en el escenario se siente en paz. Ahí no está solo, sino que puede conectar con todos. Al tocar percibe que todos tienen el mismo sudor, los mismos miedos, los mismos sueños, y que brincando y abrazándose se los comparten, se animan, se impulsan entre todos a ser mejores, a ser felices, a sobrevivir. Sólo cuando está en el escenario siente esos gozos que lo desconectan de todo; del tiempo, lugar y vida. Tocar sin importar nada. Allá arriba lo único que importa es el acorde que está sonando, la nota que están cantando, el riff que está tocando. Pudiera estar todo mal y, de pronto, desde el escenario ve que alguien brinca, grita y canta con los ojos cerrados, y en ese instante todo tiene sentido. Quiero vivir de esto, dice Leo. No lo hace muy convencido, apenas se escuchó un murmullo. Reflexiona sobre los pretextos que utiliza y se cuestiona cuál de ellos es real. Se pregunta si en otra ciudad el sueño hubiera sido más fácil de alcanzar. Empieza a recordar los fracasos que ha tenido. Piensa en lo cerca que ha estado de armarla en grande. Tu famosa lista de excusas, siempre le recrimina su padre.

Hay una historia que le duele de una manera diferente, y en situaciones como éstas, le golpea el corazón cuando recuerda que algo de lo que más quería en su vida era estudiar en la escuela de música Juilliard. Le tuvo miedo por mucho tiempo. Había escuchado muchas historias que aseguraban que ahí han terminado más carreras que las que han iniciado, o que sólo aceptan al siete por ciento de las solicitudes. Desde joven seguía de cerca las noticias sobre esa institución; sus programas, logros, maestros, graduados. Se apenaba de, a su edad, tener esa necesidad de ir a una escuela para aprender a tocar rock and roll. Quizá a una escuela de jazz sí, pero no a una de rock; ese se toca como se siente y ya, eso le habían dicho en Monterrey. Ya estando en Nueva York, en sus primeros meses, muchas veces pasaba frente a la escuela, en el Lincoln Center, sin animarse a entrar. Un año después juntó valor, entró a la recepción y fingió esperar a alguien para poder escuchar a lo lejos algo de música, ver pasar a alguna celebridad que diera clases ahí o para sentirse más en el medio de los músicos. Tomó un folleto que colgó en un pequeño corcho en la cocina de su departamento por meses. A diario lo veía, y sentía que ya no era tiempo de estudiar, sino de cosechar, y demostrarles a todos que él era un gran guitarrista. Que la haría en grande. Hasta que una vez, un martes cualquiera, tomaba una cerveza con Ed y otros amigos en un bar de Manhattan, y escuchó a un moreno tocar jazz. No mames, dijo lentamente aquella ocasión. No ma…mes. Luego remató: Ya valí madre. Ese fue justo el momento revelador, el punto de quiebre, el instante preciso en donde Leo supo que no iba a sobresalir en el jazz, que estaba a años luz de poder tocar algo similar a lo que aquél hacía. Sólo le quedaba el rock. Intentó animarse pensando que hay más oportunidades para el rock, más inversiones, una industria más grande. Y sin decirle a nadie, ya estaba grande para apenas tomar esas decisiones, se decidió por el rock and roll.

Empezó a tocar más en su departamento; según él, la vista de la ciudad desde su ventana le inspiraba. Al ensayar se preguntaba cuántos en esa ciudad iban tras el mismo sueño; luego recordaba a su padre gritándole: Pues, ¿cuántos ingenieros crees que hay?

Había días en que tocaba por horas sin importarle nada, sólo se dejaba llevar; en otras ocasiones apenas aguantaba minutos. Una mañana se decidía a componer, a la siguiente a tocar covers. AC/DC y muchas otras bandas las tocaba a la perfección.

Había escrito el arranque de una canción. Sólo la letra; por más que intentaba no podía crear la melodía. Sólo tenía unos cuantos versos, y se hartó. Pateó la bocina, aventó la guitarra, no como el gran Pete Townshend de The Who, ni siquiera eso podía hacer, lo hizo como cualquier persona común y corriente lo hubiera hecho; ni siquiera la rompió. Eres muy serio, no eres bueno para la farándula, otra de las frases del padre. Según Leo eso no era importante, sino tocar bien, ya en el escenario todo se transforma.

Deprimido, reconoció que tenía que mejorar y fue a la escuela a la que tanto había soñado y temido. Se registró utilizando su American Express. Ni cuenta se dio cuando ya en las clases practicaba con intensidad técnicas diversas: tapping a dos manos, pull-offs, hammers-ons, hybrid-picking, arpegios y legatos que no hubiera imaginado antes. Era un mundo nuevo para él. Estaba emocionado. Los alumnos convivían poco entre ellos. Pasaron las semanas, los meses, exámenes, conciertos, audiencias, tocadas, noches de estudio, ensayos, como si todo se acomodara tras el objetivo. Pudo sentir la fuerza de enfocarse tras una meta, lo cual tenía mucho de no hacer. Noches sin dormir. Mente ocupada en pentagramas, ritmos, tonos, tiempos, en beats, en riffs. Mente enfocada. Una concentración total que tenía años sin lograr; quizá en la época del equipo de natación había sido la última vez en que se sintió de esa forma. Los dedos se le movían solos a pesar de no estar tocando; sobre la mesa, sobre la pierna, sobre lo que fuera. Necesitaba aprender, demostrar, tocar, ejecutar. ¡Ejecutar! Era la pinche palabra que usaban todos los maestros. Todos traen las bases, pocos ejecutan. Repitió. Repitió. Repitió. Ensayó. Demostró. Ganó reconocimiento, avanzó y quedó en un grupo selecto. Por fin parecía que todo se ponía en sintonía. Leo empezó a sonreír al sentir un poco más de seguridad. Estaba tan entusiasmado que pensó que debía también tocar jazz.

Quedó en el grupo de mejor desempeño, la banda elite; sólo cinco elegidos. Los mejores de la generación quienes habían superado las pruebas más exigentes. Ellos, que acabarían en una fotografía en el pasillo de honor y la escuela los recomendaría a agentes y disqueras, de seguro terminarían en alguna banda famosa. "Los superdotados", les decían algunos maestros. El mejor de cada instrumento. Ahí estaba Leo, los cracks de esa generación. La banda tendría un concierto en el auditorio de la escuela como parte del examen final. Tocarían canciones de varios grupos: Dream Theatre, Frank Zappa, Foreigner, Steve Vai, Jeff Beck, Guns and Roses, Ozzie Osborn, Deep Purple, Metallica, Tesla, Mötley Crüe, Pink Floyd, AC/DC, y Van Halen, entre otros. El auditorio estaría a reventar, la expectativa por ver tocar en vivo a estos virtuosos se extendía hasta afuera de la escuela. Críticos musicales, prensa, influenciadores de redes sociales e invitados especiales asistían al ya tradicional concierto de la banda elite de la Juilliard School.

El problema surgió en pleno escenario cuando, al terminar el segundo acto, el director de la escuela tomó el micrófono y ante el asombro de todos, les pidió que improvisaran algún rock progresivo. Los tomó por sorpresa; según ellos, eso nunca había sucedido. Sobre las primeras notas trataron de organizarse. Quien tocaba el bajo era hispano, Juan; sus padres habían nacido en Chihuahua, y sabía algunas palabras en español. Leo le dio unas órdenes en ese idioma debido al nerviosismo de la situación. El auditorio lleno, los maestros y jueces evaluando cada segundo. Juan se molestó y le dijo a Leo: Don't talk to me in spanish, mexican. Y Leo le contestó: No mames, cabrón. Y Juan replicó: Fuck you. I'll play whatever I want, don't give me orders. Go to give orders to your mother. Y justo ahí es donde todo empezó a valer madre. Quizá para todos los latinos es importante la madre, pero para los mexicanos es intocable, con ella no se puede meter nadie, y ese día, en pleno concierto de examen final de la Juilliard School, Juan, el del bajo, se había metido con doña Lorena, la mamá de Leo. Chinga tu madre, fue lo que obviamente Leo contestó. Y Juan entendió a la perfección. Los separaban algunos metros, en medio de ellos estaba el baterista tratando de imponer el ritmo. A los dos se les puso el cuello rojo y los dedos tiesos. El coraje los distrajo justo cuando tenían que demostrar la habilidad de improvisar un ritmo, exhibir cohesión y capacidad para estar en el escenario como banda y solventar cualquier situación, como si fuera el escenario en el que Freddy Mercury le decía Fuck you a todo el estadio de Wembley, y el público contestaba con una ovación eufórica; no importara lo que pasara arriba, la música tenía que sonar bien. Si se apagaba un fusible, si se desconectaba un instrumento, si era Wembley, Maddison Square Garden, Woodstock o el examen final de la Juilliard School, la música siempre tenía que sonar bien, y eso no era lo que estaba sucediendo en ese momento. El baterista gritó algo en inglés para tratar de calmarlos. Recordaron que en cualquier momento el director los podía detener y se acababa todo: el sueño, el examen, el curso. Pudieron contenerse. Querían graduarse, eran buenos músicos. Parecía que retomaban el ritmo cuando de la puerta de un lado del escenario salió Sammy Hagar. ¡No mames! Leo se salió de tono, el ritmo de los platillos se perdió, al baterista se le cayó una baqueta. ¡No mames! El exvocalista de Van Halen tomaba el micrófono para cantar y ellos no podían tocar nada decente. El caos y los reclamos volvieron. Español, inglés, en lo que fuera volaban insultos. Las quijadas apretadas. El baterista gritaba que tocarán algo tranquilo. Hasta Sammy los vio tan mal que les dijo: take it easy, guys. No pudieron. Pasaron unos minutos y el director tuvo que parar el desconcierto y evitar que la vergüenza creciera, fue mucho para el prestigio de la escuela. Era claro que no estaban listos y que no pudieron ejecutar. Tuvieron que retirarse del escenario entre un silencio interrumpido con algunas burlas. Era la primera vez que la banda elite no superaba la prueba final, y peor aún, ni siquiera la habían podido completar.

Así fue como Leo estuvo cerca, muy cerca de graduarse de la Juilliard School. Una vez más Leo no alcanzó el objetivo, se quedó en el ya merito. Él hizo un intento real, auténtico, en donde dejó el corazón; para don Leonardo era una más de las chingaderas que Leo se inventaba, un fracaso más. Y eso para él era muy molesto. Don Leonardo era directo, pragmático y triunfador. Creía que para ser exitoso sólo había que tener el valor de recorrer un camino. Era simple. Así había sido su travesía como empresario y emprendedor exitoso: directo y fácil. Así que no entendía todos los laberintos que Leo contaba en su aventura de alcanzar el sueño. Decía que para el sueño se trabaja, se camina el camino y listo. Para él, su hijo no sabía ni qué camino recorrer.

Creo que cada guitarrista tiene por naturaleza algo único
acerca de su forma de tocar. Sólo tienen que identificar
qué los hace diferente, y desarrollar eso.
Jimmy Page

7.

Leo lleva dos semanas de voluntario en el Museo Guggenheim. No es que sea un experto en arte moderno, sino que ahí le prometieron un sueldo decente a pesar de no tener una visa para trabajar. Además, así se aleja de trabajos mucho más decadentes, como ser mesero o lavar trastes en algún restaurante, aunque en el fondo sabe que no está dispuesto a tanto. El único trabajo previo que recuerda fue hace como diez años en un McDonald's de Monterrey.

Ya pasó un mes del plazo que le dieron sus padres. Incluso recibió nuevas amenazas de que la mensualidad se va a reducir. Aún no tiene ningún plan de acción. Ni siquiera ha ensayado a diario. A veces dice que se va a alejar de la música por completo para así atraer la inspiración, tentarla, aunque tampoco eso ha hecho.

Habla bien inglés, y por eso le dieron el trabajo de guía en el museo. Además, Leo tiene buena imagen, refleja tranquilidad. Se ha aprendido unas instrucciones que le dieron y escucha lo que otros guías más experimentados dicen. Descubrió rápido que son pocos los turistas que en realidad se interesan por las obras; la mayoría visita el museo sólo para conocer un lugar famoso de la ciudad. Muchos de los visitantes recorren sin parar el pasillo ascendente en espiral. Llegan a la parte más alta, se asoman en el hueco central, incluso unos gritan como si fuera parque de atracciones e inician su descenso sin ver ninguna obra de arte.

Doña Lorena está contenta con el nuevo trabajo de su hijo, aunque ignora que no le han pagado. Qué bueno que ya estés trabajando, mijito. A lo mejor ahí conoces a una muchacha o haces nuevas amistades, cosas diferentes que te inspiren y motiven. Ahí en ese silencio se te pueden ocurrir buenas ideas. Ese tipo de mensajes Leo ya no los contesta; lo hacen sentir como si tuviera dieciocho años.

Hay una empleada del museo que le gusta: cuerpo delgado, tez muy blanca, cabello café oscuro y cadera ancha. Casi todos los días viste de color blanco, con blusas y faldas ajustadas. Leo la ha escuchado hablar alemán, inglés e italiano. Siempre se mueve con prisa, camina con pasos cortos apretando los muslos. Alguna vez cruzaron un saludo; ni siquiera sabe su nombre. Inspírame, flaca, inspírame, piensa cada vez que la ve. Ed le dice que lo único que tiene que hacer para escribir canciones es quedársele viendo a los traseros de las mujeres hermosas. Una canción a ese trasero es lo menos que se merece, piensa Leo mientras, en silencio, espera la llegada del siguiente visitante. Sobre el folleto del museo mueve sus dedos piqueteando alguna nota, imaginando un acorde, marcando un ritmo.

Leo empieza a resentir los horarios laborales. Aunque el museo abre a las diez de la mañana, esa hora aún es temprano para sus costumbres, y cierra a las siete cuarenta y cinco de la noche. En lo que llega a su casa, toma y come algo en el pub de enfrente, luego el celular, Facebook y chats intrascendentes, empieza a tocar algo cerca de la medianoche. Se distrae viendo videos musicales en YouTube o escuchando música en Spotify. Hasta parece que tiene miedo a enfrentarse a sí mismo, a encarar ese instante de silencio previo a la primera nota. Ese gran momento de la verdad. Esa incertidumbre de descubrir la forma en que el silencio se romperá. ¿Será una nota más de la famosa *Whole lotta love* de Led Zeppelin? ¿Será una canción nueva, la que ha esperado toda la vida? Así la noche se le pasa rápido. Duerme poco y últimamente duerme mal. Hace mucho que no tiene ese sueño en el que está tocando en Woodstock por días interminables ante una multitud desbordada por su guitarra. Batalla para despertarse y llegar a tiempo al museo. En estas dos semanas ya tiene dos retardos. Me exigen como empleado y no me pagan, fue el primer reclamo que le dijo a su supervisor, el jefe de Atención a Clientes, que ni siquiera se molestó en contestarle; sólo sonrió de forma irónica mientras se dio la vuelta y se retiró.

Leo siente que con este ritmo laboral va a ser imposible tocar, componer y todo lo demás que se supone que tiene que hacer relacionado con la música; por ejemplo, decidirse, por fin, a buscar una banda con quién tocar en forma, a diario, por varias horas. Una agrupación con la que pueda durar al menos los cinco meses que en teoría le quedan en la ciudad de Nueva York. Se cuestiona si lo que realmente le hace falta para hacerla en la música es sentir una necesidad extrema, poner los sentidos al borde, estresarlos, en urgencia máxima. Quizá necesita no dormir ni comer por días, tirarse al piso de una de las estaciones del metro, que su ropa se vaya manchando, que al inicio lo vean con desprecio y sorpresa, y que unos días después ya nadie lo note, que fuera ya parte de la decoración, de lo trivial de la ciudad. Y ahí tirado, junto a un bote de basura, con su chaqueta de mezclilla ya de color verde oscuro de la mugre y la basura que se le ha pegado, con el rostro negro del hollín de la ciudad y de los vagones del metro, con muy poco brillo en sus ojos, y menos fuerza para acomodarse la guitarra, ahí en esa situación extrema, con su cuerpo débil, pueda crear esa melodía que ha buscado toda su vida, ese acorde y letra que sabe que podrá detectar al instante que suene.

Hoy, con cinco meses por delante, en este ambiente pulcro, callado y lleno de luz del museo, empieza a tener visiones de él tirado en una estación del metro, con un pequeño cartel que diga: *Chasing the dream*. Se le aparecen ráfagas de imágenes de él tirado en el piso de la mugrienta estación de Chauncey Street, y miles de personas pasando frente a él, aventándole burlas, otros con indiferencia. Él recostado en el piso, con el estuche de su guitarra atrás, sin sentir hambre, ni sed, ni pena, sin sentir nada. Sin querer perder el enfoque ni olvidar que es un acto de rebeldía y valentía, y que, quien crea que esto es un signo de que se ha dado por vencido, entonces no conoce lo escurridiza que puede ser la inspiración. No está dispuesto a lavar platos en un restaurante, pero este acto de ir a buscar a la musa tirado en alguna estación del metro le empieza a parecer atractivo: tiene toques de drama; es diferente, retador, y además le servirá para demostrarle a su padre que está haciendo todo lo posible para lograr su sueño.

Entre las ráfagas de imágenes vuelve a la realidad y descubre que está a la mitad del pasillo ascendente del museo, explicando una obra en español a una gran familia. Cuando el señor le dice: Qué interesante trabajo, y ¿cómo cuánto te están pagando? Leo reacciona, sale del letargo y vuelve a este instante. Ve que tres de los hijos son hombres y que están vestidos iguales: shorts de tela color verde, calcetas rojas, camisa polo en color azul marino y topsiders cafés. Ve que el papá lleva un pantalón de mezclilla color rojo y una camisa blanca de manga larga con los puños y el cuello en vivos colores rosa y celeste. Ve que la mamá tiene un cuerpo muy atractivo, cubierto por un vestido negro entallado con unas rosas rojas enormes. Y una niña, como de ocho años que, en absoluto, todo lo que viste es color rosa. Le recordó a su hermana Lorena cuando eran chicos y perdían las horas en el jardín. Le han de pagar una millonada, mi amor, por eso no nos quiere decir. Leo sonríe un poco, está tratando de definir si tanto color en la vestimenta los hace ver elegantes, formales o estrafalarios, por no decir nacos. Siempre le ha molestado esa palabra. ¿Son de la Ciudad de México?, les pregunta. El tono claramente los había delatado. Y tú de Monterrey, contesta rápido el señor de los pantalones rojos, quien lanza dos carcajadas que retumban en todo el museo. Ya viene un vigilante a llamarles la atención. Cada regaño por parte de los de seguridad afecta el historial de los guías. De todo llevan un registro: no sólo de los retardos, sino también del tiempo que dura cada recorrido y del que permanecen en cada obra, si han existido llamadas de atención por parte de los guardias o incidentes más graves, si al final llenaron la encuesta de satisfacción que está en una pantalla cerca de la salida, incluso si visitaron la tienda de souvenirs, y si realizaron alguna compra: qué artículos compraron y el total de la cuenta. Todo vale. Todo repercute, le ha dicho su supervisor.

Leo se acerca al guardia y le dice que está todo bien, el vigilante ya está reportando el incidente a través de su mini Ipad. Leo le toca el brazo intentando detenerlo, pero éste se sorprende y se molesta. Don´t you ever touch me again. Así de fácil ya quedó el primer reporte en el historial de Leo. La familia multicolor sigue haciendo comentarios fuera de lugar, les sorprende más la inclinación del pasillo del museo que las obras de arte.

En los treinta minutos que tienen para comer, todos los guías cuentan sus historias sobre lo mejor o peor que les ha sucedido en el museo. Leo no ha compartido ninguna aún. Prefiere escuchar. Platican de cuando grandes estrellas han visitado el lugar. Una de las anécdotas es la de cuando Jennifer Lawrence llegó sola, un martes por la mañana. Vestía un pantalón de mezclilla viejo y una blusa pegada color blanco, con unos Converse blancos. No se quitó los lentes de sol hasta que la reconocieron. Al parecer, ese día no hubo problema en pedirle una fotografía; los guardias no llamaron la atención a nadie a pesar del escándalo que se hizo cuando su identidad fue descubierta. Al contrario, salió el director y demás empleados para tomarse una fotografía con ella.

Las historias que más se comentan son las de la noche de la Gala Anual de Dior. Asisten celebridades de la farándula, y los voluntarios tienen contacto directo con ellas. Cuentan que el año pasado asistió Rhianna y Dakota Johnson, entre muchas. Leo parece no escuchar, está distraído, para variar, le diría su padre. Debería hacerle una canción a esa pinche familia mexicana. Al siguiente instante se arrepiente; parecería historia para una cumbia, no para una canción de rock. Hubo un tiempo en que estuvo seguro de que su canción tenía que tener una buena carga de rebeldía. Con los años entendió que si traía tintes de amor no estaba mal. Hoy en día ya no sabe nada. Está bloqueado. Está harto. Otros guías cuentan, mientras tienen alimento en la boca, que llevan más de dos años sin recibir jamás un reporte o llamada de atención. Pues a Leo le tomó sólo dos semanas. Es mi mala suerte, piensa. Así le ha pasado cientos de veces. Cosas que no entiende por qué le suceden. ¿Por qué le tocaron esos mexicanos multicolores? ¿Qué culpa tiene de que quisieran saber su sueldo y que hablaran con gritos? Mientras da un trago a su Sprite bajo en calorías, recuerda la frase de su amigo Ed: Deberías hacerle una canción al trasero de una mujer.

Al final del día, el supervisor le pide que se presente en su oficina. Pensó que vendría el regaño por lo sucedido esta mañana. Lo esperaba una noticia: A partir de la siguiente semana recibirás un sueldo. Es algo simbólico, es lo único que te podemos ofrecer al no tener visa. Cien dólares a la semana. Mejor renuncio. Y Leo renuncia. Saluda de mano, agradece y, sin más, da la media vuelta y se retira. Va pensando que fue un pendejo al permitirse perder estas dos semanas ahí. Que fue un pendejo pensando que, en este ambiente cultural de silencio, y, en teoría, educado, encontraría inspiración. Se equivocó Leo. Para esto, a la chingada, mejor me voy a tocar a cualquier pinche lado. Y para allá va.

Cuando estoy en un escenario, libero mi lado salvaje.
Es como regresar a ser cavernícola.
Necesito seis horas después de un show para calmarme.
Angus Young

8.

Después de unas semanas de vivir como si no tuviera ninguna prisa por conseguir un trabajo o por hacer algo decente con su música, Leo ha conseguido un trabajo en (Le) Poisson Rouge, en el downtown de Manhattan. Pareció que la oportunidad le cayó del cielo. Una mañana hojeaba la sección de avisos de ocasión de un periódico y vio uno que sólo decía:

Guitarist Wanted, (Le) Poisson Rouge.

Fue tan fácil que llegó a creer que era una broma de algún programa de televisión. Ese día no hubo fila para la audición, apenas entró y un viejo con cabello gris y chongo largo le hizo algunas preguntas en la barra, le pidió que subiera al escenario, se conectara y tocara algo. Tocó, el viejo asintió y le dijo la cantidad que le podía ofrecer por un contrato de tres meses. Así de rápido se convirtió en uno de los guitarristas de la banda que abriría todas las noches el lugar. Paga segura, lugar decente, tocando rock and roll. Cuando sellaba el acuerdo con un apretón de manos con el viejo, pensó en su mamá hincada en el Santísimo de la Iglesia de Fátima, rezando por su hijo a cuanto Santo recordara. Luego vio su chaqueta de mezclilla y sonrió; todavía le queda suerte. Recordó cómo se veía Raquel cuando en las noches frescas se la prestaba. Se acordó del papá de un amigo diciéndole que era una prenda muy adecuada para un guitarrista. Evocó a su padre burlándose de tanto pinche parche ridículo en una chaqueta deslavada y vieja.

Ya completó su primera semana, y le agrada este tipo de vida. No quiere pensar más en lo fácil que fue todo. No quiere dudar si lo merece o no, sabe que de este trabajo no va a lograr vivir, al menos como está acostumbrado, también está seguro de que es un buen escenario para su historial. Ahí tocó en sus inicios Norah Jones. Quizá también ahí arranque su historia.

Tiene acceso a bebidas con descuento, se desvela a diario y se levanta tarde. Está de regreso arriba de un escenario; el silencio del museo quedó atrás. El fantasma de lavar platos, trapear pisos, o actividades miserables ha huido. El escenario es su vitamina. Ahí es donde se emociona, no importa que sean los abridores ni que enciendan sólo una parte del sistema de iluminación cuando ellos toquen. No importa que toquen covers, no importa nada. Estando arriba de un escenario a diario puede sobrevivir. Este ambiente de la música es el que ama, este olor de los pisos de los escenarios y de las cortinas, estas noches soñando con las caras del público iluminadas por segundos con luces multicolores.

Uno de los problemas de Leo es su dificultad para enfocarse, otro es que detesta planear, y uno más es lo conformista que en los últimos años se ha convertido. Piensa que es común a su edad, pero la verdad no. Sí es la edad, piensa Leo de nuevo, mientras entra al pub que está frente a su departamento. Misma mesa, mismos amigos, mismas charlas. No importa las veces que esa rutina se repita, siempre la va a necesitar. Todos la necesitamos, piensa Leo. La verdad sí, todos necesitamos noches así con los amigos, y más ahora que sólo puede verlos una noche a la semana. Todo va bien hasta que su amigo Ed, de forma repentina, le pregunta: Mira, tú, ¿ahora qué, Leo? ¿Qué sigue, hombre? ¿Cómo que qué sigue, chingadamadre? Calma, Leo. Parecen mis jefes, no mamen. Calmado, hombre. Sólo queríamos saber qué estabas planeando. No sé, cabrón. No he planeado nada, no quiero planear nada. ¿Por qué les tengo que dar explicaciones a ustedes también, carajo? No, no, cabrón. No seas sentido; no tienes que explicar nada. La verdad es que Leo desde hace muchos años no le da explicaciones de nada a nadie. Él sólo envía estados de cuenta de su American Express a la oficina de su papá, verifica que le llegue su depósito mensual, que le hayan hecho el pago de la renta, y listo, a vivir un mes más en la Gran Manzana. Olvida que eso está por cambiar muy pronto; en unos meses dejará de recibir el apoyo de sus padres y tendrá que enfrentarse solo a esta ciudad y a esta vida.

Te hace falta una mujer, Leo. Ed se lo dice con buena intención, aunque de pasada quiere molestarlo un poco al recordarle que, desde hace varios meses, al menos, no se le ha conocido ninguna amiga, historia o aventura con alguna dama. Y lo logra. Leo se molesta con el comentario porque Ed tiene razón. Hace bastante tiempo que no sale con una mujer y que no tiene sexo. Hace mucho tiempo que su cuarto está desordenado y su apariencia es más descuidada. Lleva años que siente estar en plena carrera, huyendo de algo, sin saber exactamente de qué. Recuerda cuando hace mucho tiempo creía, sentía y se emocionaba los viernes por la noche. Evoca esos tiempos de deseo sexual desenfrenado, en donde no podía dejar pasar una mujer sin verla a detalle, sin desearla. Se acuerda de las épocas en que tenía sexo a diario, que se sentía lleno de energía por vivir como el rock dicta. Por un segundo, reconoce que se ha ido apagando despacio. Reacciona, y siente un estímulo en el cuello al pensar que mañana de nuevo estará en el escenario del (Le) Poisson Rouge, no importa que estará tocando covers, que no conoce bien al resto de la banda ni los otros inconvenientes. Por lo pronto, con esto le basta.

No puedes esperar a que el destino te dé lo que crees merecer.
Tienes que ganártelo, aun y cuando pienses que has pagado tus cuotas.

Slash

9.

¿Qué chingados le importa el número de parches en mi chaqueta de mezclilla? ¿Qué chingados le afecta? Me caga que hasta la pinche ropa que uso me la critique. Y cuando Lorena salía con unos shorts que apenas le tapaban las nalgas, ¿qué? ¡No le decía nada! Es más, a veces le decía que su hija tenía bonitas piernas. ¡No mames! Hubo un momento en que dejó de ocultar que ella era su favorita.

Odio cuando me compara con los hijos de sus amigos. ¿Por qué no podemos vivir cada quien su vida? Pinche afán que tiene de compararme con todos. Que fulanita obtuvo una beca. Que aquel cabrón hijo de la chingada ya era director en CEMEX. Que otro pendejo, hijo de su amigo, había ganado un puto premio por haber creado una empresa, aunque no había vendido ni un dólar. Me cagan esos cafecitos que se avienta con sus amigos en Sanborns. Pinches viejos, se la pasan criticando y presumiendo. Ya ni voltean a ver a las mujeres que pasan.

¿Que ya está cansado de mantenerme? Que no mame. Lo que le prestó al esposo de Lorena para la empresa que creó es mucho más de lo que me ha dado a mí en estos cuatro años. Mi cuñado ni un dólar le ha regresado y no tiene problemas con él. Hasta juegan tenis en el Campestre los sábados en la mañana, y los jueves se juntan a fumar puros cubanos y a tomar whisky en las rocas. Pegándole a la mamada los dos. Mi cuñado, sólo por convenenciero; mi padre, para evitar la soledad.

¡Chingue su madre! Ni de pedo voy a regresarme. No quiero estar cerca de él. Long Live Rock ´n´ Roll.

10.

Leo, al salir, azota la puerta del McDonald's de Times Square lo más fuerte que puede. Avienta la gorra contra el vidrio, se quita la camisa del uniforme, se regresa al interior y mientras le grita su renuncia al gerente, lanza la camisa y una mentada de madre.

Su esfuerzo por trabajar en esta franquicia de comida rápida le duró sólo tres semanas. Cada uno de los días se los pasó lavando baños, limpiando mesas y trapeando pisos. ¡No mamen! ¿Y por qué no me pone en la cocina? No importa cuántas veces preguntara, el gerente, un cubano, con cierto gozo, siempre le decía que ese día le tocaba limpiar pisos y baños, como cenicienta. Y Leo no aguantó.

Leo no sabe que si se pone a trabajar de camarero en cualquier lugar ganaría más que en este restaurante de comida rápida. Lo que pasa es que cuando llegó por primera vez a esta ciudad se prometió que no iba a acabar ni de mesero ni lavando trastes. Eso fue ya hace varios años, cuando estaba lleno de energía.

Hoy la situación es diferente, tiene un límite de tiempo. Requiere el dinero, sin embargo, no ha considerado ni siquiera la posibilidad de pedir trabajo de mesero. Apenas le había contado a su mamá de este trabajo, y ya lo perdió. Le contó para que ella viera todo el esfuerzo que está haciendo por salir adelante. Obvio que doña Lorena lo primero que le preguntó fue cuánto estaba ganando, y Leo se enojó. Todo lo miden con dinero siempre, mamá. No ven el esfuerzo. Sí lo vemos, Leo, lo que pasa es que no creo que puedas vivir, como estás acostumbrado, con un sueldo de los que han de pagar ahí. Leo colgó sin revelarle lo de su trabajo nocturno en el (Le) Poisson Rouge, ya no quiso más regaños ni preguntas.

Luego trabajó unas cuatro semanas como guía turístico en los camiones rojos que recorren la ciudad. Ahí Leo iba describiendo, en inglés y en español, los diversos puntos turísticos. Una vez más, al inicio del trabajo, como casi siempre le sucede, arrancó con actitud positiva. Pensó que el estar viendo tanta gente le podía servir como fuente de inspiración. Ganaba mucho más dinero que en el McDonald's. Todo iba bien hasta que se fastidió. Es que te aburres muy rápido de todos los trabajos, mijito; ya mejor ni le cuento nada a tu papá. Se hartó de ver tanta gente feliz, de saber que los viajeros estaban disfrutando ese día, y él, en ese mismo instante, ciudad, espacio, y hasta camión, lo estaba sufriendo. Y sufría porque nunca pensó que iba a terminar en un trabajo así; siempre se imaginó de roquero en gira, tocando en muchos escenarios. Él debería ser el turista. Se hartó porque sintió que ahí se le podía pasar el tiempo; los meses y los años, y seguiría haciendo algo tan pendejo como repetir las mismas palabras todos los días a personas que sonreían sin parar. No pudo soportar ver tanta felicidad, estando él tan triste. Estando él tan triste. Estando él tan triste. Estando él tan triste. Hasta ese momento se dio cuenta lo lejos que estaba de sentirse feliz.

También ya está harto de tocar en la banda de (Le) Poisson Rouge. Está hasta la madre de tocar covers, los mismos todos los días. Siente que si sigue ahí se encaminará a una de las peores tragedias musicales que le pudiera suceder: terminar tocando en el bar de algún hotel tres estrellas, en donde el mejor momento de la noche es cuando algún turista borracho le pide que cante una vez más *American Pie*. Es que eres muy dramático, mijito. No seas tan extremista. Lo que Leo no sabía es que de poco le iba a servir aguantarse el hartazgo. Unos días después, el viejo del (Le) Poisson Rouge lo corrió. Igual de fácil y rápido como lo contrató, así le dijo adiós un día en la tarde que iba llegando a tocar. Que una empleada se había quejado de acoso sexual de parte de Leo, que el viejo no quiere tener ese tipo de problemas ahí, lo más fácil es que se vayan los dos, que la idea de una banda tocando a diario no estaba funcionando, y finalmente, que gracias por todo. El viejo lo dijo tan simple y tranquilo que ni oportunidad le dio a Leo de refutar, incluso ni de molestarse. El gusto le duró unos meses. Leo está de regreso como empezó: no tiene trabajo y sólo le quedan dos meses del plazo de sus padres.

Si quieres ser rockstar, corre desnudo por la calle. Pero si quieres que la música sea tu forma de vida, entonces toca, toca, toca y ¡toca! Eventualmente llegarás a donde quieres.

Eddie Van Halen

11.

Es todo o nada, y lo sabe. Su amigo Ed le acaba de decir, en una charla en el pub, que para que algo funcione te tienes que entregar en cuerpo y alma, una entrega total, y eso nunca lo has hecho Leo, nunca te has entregado a algo por completo. Sí me entrego plenamente, soy muy intenso. No, Leo, no. No eres intenso; avanzas con cuidado, dejas algo guardado por si se ofrece más adelante. Se le está acabando el tiempo a Leo, y lo sabe.

¿Si no es la música, entonces qué es? Tiene que ser la música. Tiene que ser la música. Enciérrate por días o semanas, y no salgas hasta que hayas creado la canción que has esperado. Así como encerraron al que compuso el Himno Nacional Mexicano. Así, Leo, enciérrate y no salgas hasta que tengas un disco. Haz lo que sea, pero ya ponte a crear tu música.

Compra alcohol, agua y algo de comida, se encierra por tres días y sale vacío, nada nuevo. El mismo mugrero de siempre. Antes fumando yerba creaba buenas melodías, ahora ya ni eso le funciona. Prueba una pastilla que le aseguraron le desataría toda su creatividad y habilidades musicales, sin embargo, sólo le sirvió para malviajarse durante cuatro días en los que no se pudo levantar del piso con un zumbido agudo en su oído y escuchando una voz que se burlaba de él. Tiene que ser la música. Tiene que ser la música. No quiere volver a Monterrey.

Se lanza a la ciudad, tiene largas caminatas como lo hacía cuando llegó por primera vez. Camina por las banquetas atestadas de personas; adrede se mueve de forma errática para tocar los cuerpos de otras personas para ver si logra recibir vibras buenas. Le recomiendan ir a una plaza desde donde se puede ver la estatua de la Libertad y ahí buscar a un señor que porta un cartel que dice: *abrazos gratis*; dicen que son muy poderosos. Otros le recomiendan una semana de sexo desenfrenado para destrabarse, una liberación a base de orgasmos. Y, aunque no lo creía del todo, lo hizo. Tampoco le funcionó. Durante una semana va a nadar a la alberca de un YMCA, a buscar notas en el fondo de la alberca, a ver si vuelve a ver a Raquel bajo el agua. Volver a sentir y Raquel son dos cosas complicadas y peligrosas. No son peligrosas, piensa Leo, mientras por precaución se aleja de esos pensamientos. En esa semana sólo logra una melodía corta, nada prometedor. ¡Es que ya están todas las melodías inventadas, carajo! Claro que no, Leo: ahí está esa canción esperándote.

Ejecuta el plan de perderse en el metro para llevar los sentidos al extremo. Quiere la estación más sucia, la más catastrófica y concurrida. Lleva ahí tres o cuatro días casi sin comer ni beber. Cree ver a Tracy Chapman tocando en las escaleras del metro, está seguro de que es ella; el músico le contesta que es hombre. Leo le dice que sí es Tracy, que no se pase de humilde. El otro le grita que le baje a su desmadre. Quieren golpearse; lo bueno es que están tan débiles que sólo a empujones llegan.

Toca y toca en la estación. Le asombra que gana más de doscientos dólares en un día, le sorprende que logra crear melodías nuevas, buenas, según él, aunque cuando toca covers le dejan más dinero en la gorra de los Yankees de Nueva York que coloca frente a él. Compongo o me alimento, se cuestiona. Y le retumban las palabras de su amigo Ed: Entrégate en cuerpo y alma… en cuerpo y alma… Entonces deja de tocar música conocida, empieza a extender la melodía que había creado. El tono de piel le ha cambiado, su cuerpo huele a drenaje, y no importa porque está creando algo nuevo, un avance pequeño. Un día más le dura el gusto, hasta que llegan dos policías y corren a todos los músicos y pordioseros de la estación.

Se pregunta cómo quitarse esa costra que lo ha alejado de él mismo, de todo. No la que le quedó después de su aventura en la estación del metro, sino la que siente en su alma, o en su corazón, o en su mente. Ni siquiera sabe en dónde la percibe, reconoce que esa costra le ha crecido, y ahora es grande y fuerte. Desconoce si es un escudo o un arma, lo que sí sabe es que le impide sentir y le provoca ver todo de forma borrosa. Se asombra al pensar en su nana Rosita, la de la infancia, y en recordar lo delicioso que le preparaba los chilaquiles en el desayuno de los sábados, sus abrazos, las tortillas de harina que hacía los jueves en la noche, y las veces que ella lo protegía de los golpes de su padre. Se sorprende también en recordar algunos momentos de convivencia con su hermana.

Suspira con dificultad cuando piensa que quizá no lo va a lograr. Muy en el fondo empieza a creer que tal vez su padre tiene razón respecto a él. Analiza si es buen plan quebrarse todos los dedos de las manos y así al menos tener una excusa. No se ha dado cuenta que lo que más lo motiva, lo que ha causado que no se haya dado por vencido, es que no le quiere dar la razón a su padre, y eso lo mantiene luchando.

12.

Nunca se lo ha contado a nadie, y duda si algún día lo hará. Cuando más cerca ha estado de decirlo es cuando discute fuerte con su padre. En algunas ocasiones estuvo a punto de aventarle el comentario en medio de un altercado, como un reclamo, como intentando convertirlo en el culpable oficial de lo que le pasó aquel verano de su infancia en Boston. Dicen que el tiempo ayuda a olvidar, pero han pasado muchos años, y el dolor aún está ahí.

Leo tenía once años cuando, siguiendo órdenes de sus padres, se subió a un avión que lo llevaría a un internado en Boston para perfeccionar su inglés. No entendía bien los motivos ni sabía los retos que enfrentaría, mucho menos imaginaba las sorpresas que se le iban a presentar. Era la maestra de inglés avanzado la que le decía que se quedara al final de la clase y, cuando no había nadie en el salón, le pedía que se desvistiera. Él obedecía a pesar de que lloraba, y la maestra se acercaba a verlo. Nunca nadie le había explicado a Leo que eso estaba mal ni que tenía que cuidarse, denunciar, correr o, cuando menos, gritar. Nunca sus padres le hablaron de esos temas. La maestra caminaba lento alrededor de Leo desnudo. Lloraba, y no entendía el motivo de su erección. La maestra le rozaba los brazos, la espalda, y lo contemplaba por largos minutos. En otras ocasiones lo citaba en su oficina, cerca de la hora de la salida. Era un privado pequeño, la maestra cerraba con llave la puerta y le hacía la misma petición a Leo quien, entre lágrimas, obedecía. No sabía por qué eso era doloroso y le causaba llanto, ni por qué seguía obedeciéndola. La maestra ni siquiera tenía que amenazarlo ni pedirle su silencio. Una tarde, ya estando él desnudo, le pidió que se acostara en el piso; ella desfajó su blusa y se acostó con él, a su lado, en posición fetal, hasta que Leo se quedó dormido.

Esa tarde, Leo descubrió que puedes llorar dormido. Su llanto lo despertó. Tardó unos minutos en darse cuenta en dónde estaba y en descubrir que la maestra lo abrazaba dormida. Le tomó unos segundos percatarse que estaba desnudo y que la maestra traía una falda larga de color azul oscuro. Pensó en su nana Rosita. Sintió que los mocos le chorreaban hasta la boca, notó cómo le dolía el pecho al llorar. Escuchó a la maestra roncar. Recordó un libro de texto de la SEP en donde aparecían los cuerpos desnudos de un hombre y de una mujer, y se explicaban las partes sexuales. Sintió la mano de la maestra acariciándole el cabello y eso lo hizo reaccionar. De un manotazo detuvo la caricia que recibía, y a pesar de sentir las piernas acalambradas logró pararse; con la luz de una lámpara calándole en los ojos buscó su ropa de forma errática. Le dieron ganas de gritar. La maestra se sentó en el suelo, y de forma tranquila le acarició la pierna muy cerca de sus genitales. Él nunca había sentido tantas cosas a la vez: miedo, vergüenza, rabia, desesperación, soledad, ni las excesivas ganas de llorar. Ese día supo que jamás iba a poder olvidar la ciudad de Boston.

Ahora, de adulto, cuando tiene fuertes discusiones con su padre, esta es la historia que le dan ganas de contarle; restregarle ese evento para hacerlo sentir mal, para ver si le propina algo de dolor, para ver su reacción, y así comprobar lo que siente su padre por él. Aún no se ha atrevido; porque cree que es jugarle muy bajo, acepta que es un chantaje muy barato, sobre todo, no lo quiere hacer porque sabe que sería como despertar el monstruo que ha tenido guardado por años, como darle el poder para que lo dañe de nuevo. Además, teme una reacción indiferente de su padre, quien es, incluso, capaz de no creerle. Perdería por todos lados. Por eso mejor se queda callado. Este es el motivo por el que le caen mal los Red Sox, los Patriots, los Celtics y todo lo que tenga que ver con esa ciudad, a la cual no ha regresado. Desde entonces, cada vez que ve una mujer con una falda de color azul se estremece y siente un dolor intenso en su cuello. Por eso no soporta que le acaricien el cabello ni que le toquen la cabeza.

13.

Ya sé. Voy a rentar mi depa, lo voy a compartir. Yo duermo en el sillón y a quien le rente le cobro casi el total por estar usando el cuarto. Voy a volver a las estaciones del metro, juntaré algo de dinero en mi gorra y podré seguir viviendo acá sin pedos. A la chingada mi jefe, a la chingada andar teniendo que dar explicaciones. Aunque me caga cantar trova, ya me di cuenta de que cuando lo hago me dejan más propinas, creo que es porque hay muchos hispanos que con esa música recuerdan sus tierras. Chingue su madre, música es música, dólar es dólar.

Tenía razón quien alguna vez me dijo que debía escribir una canción acerca de un trasero de una hermosa mujer. Últimamente me ha funcionado para inspirarme, la letra que llevo no habla en sí de un trasero, aunque sí de una mujer. Pienso en mujeres hermosas al ir escribiendo. Pienso en pechos, piernas, manos delgadas, cabelleras güeras, y parece que va funcionando.

¿Qué resultaría diferente en estos últimos días si la persona que vi en el metro realmente era Tracy Chapman? ¿De qué me hubiera servido conocerla? No sé. Supongo que hubiera sido un momento emocionante, ¿no? ¿Por qué queremos conocer gente "famosa"? Ya de por sí la palabra famosa me molesta, ahora usarla en este tipo de pregunta, me caga. Estoy seguro de que sí era ella. A lo mejor está haciendo un experimento para su disco nuevo. Ya ves la historia que cuentan sobre que U2 estuvo en una estación del metro de Boston durante todo un día y nadie los reconoció. Me cagan esa banda y esa ciudad. Si hubiera sido Tracy creo que lo primero que le hubiera preguntado sería: ¿Cómo le haces? ¿Cómo rompes esa pinche barrera que me bloquea toda la inspiración que alguna vez tuve? ¿Cómo le haces, Tracy? Se me hace una pregunta muy justa, muy necesaria para mí. Me urge sentir.

Debería haber un museo en cuyas paredes estén escritas historias de éxito de cualquier tipo, de sueños alcanzados, de hazañas. No sé cómo le hicieron los famosos. No sé cuánto debo aguantar o qué más debo hacer. ¿Cómo se siente? ¿Cómo le hiciste, Tracy, antes de escribir tu primer éxito? Quizá ella también anduvo en metros, en callejones, en camiones o en situaciones peores. Quizá no. A lo mejor su primo era el dueño de un estudio de grabación o su tío tenía una estación de radio en Tennessee. Tal vez la letra era una idea antigua de su madre. ¿Cómo le hacen? Chingadamadre. ¿Cómo le hago? ¿Y si en realidad sí era Tracy la que vi en el metro? ¿De qué me hubiera servido? No me daría una llave mágica para componer ni me regalaría una melodía nueva. A lo mucho me compartiría un consejo típico, un cliché para zafarse del fan necio. Además, yo la cagaría. La emoción me ganaría, le pediría un abrazo y una foto juntos. Aunque, quizá al tocarla me pasaría su vibra e inspiración. Si la vuelvo a ver le preguntaré otra vez. Por lo pronto, tengo que quedarme con lo que sea que funcione, pensar en mujeres hermosas, recordar un bello trasero, desear una conversación con Tracy Chapman. Todo por la música, todo por el rock and roll.

14.

¿Cómo estás, mijito? Me traías con pendiente; hace mucho que no contestas mis llamadas. ¿Todo bien? Sí, mamá, todo bien. Ya te queda muy poco tiempo. ¿Por qué no me respondes ni los mensajes? Ya casi no estoy usando el celular. Ay, sí; no te creo. Ya no me acuerdo bien en qué trabajo andas, ¿estás tocando en algún lado? Sí, mamá, todo bien. No me saques la vuelta, Leo. Te pregunto sin afán de molestar. Te estoy contestando bien, mamá; está todo perfecto. ¿Entonces, qué? Pues que entonces todo bien, ahí la llevo. Estoy tocando en varios lugares, saco algo de dinero, todo bien. ¿Lo suficiente para poder mantenerte tú solo allá? Sí, todo bien. Cada vez hablas menos. ¿Cómo está papá? Está bien, en su mundo, como siempre. Te manda saludar. No es cierto, no mientas por él. Sí me pregunta por ti. ¿Y Lorena? Está bien, gracias a Dios, ya ves cómo es tu hermana. Todo el tiempo ocupada, con prisas para todos lados, miles de actividades. A veces vienen ella y los niños a comer aquí un sábado de vez en cuando. Se sigue enojando cuando tu papá se va a dormir la siesta apenas y acaba de comer. Típico de él. Ya no hablen mal de él, es muy cansado que siempre se quejan de él. A mí me dejan en medio, tratando de arreglar problemas y traumas de todos. Ya, mamá; no es para tanto, tranquila. Ya lo conocemos, no te preocupes. Rosita se acuerda mucho de ti, me dijo que te mandara besos si te veía en la pantalla de la computadora. Ella siempre te recuerda, sobre todo los sábados en la mañana; dice que era tu momento favorito de la semana y te imagina ahora desayunando cualquier mugrero allá en alguna franquicia de comida rápida o en tu departamento desordenado, en lugar de estar aquí en la casa, con ella preparándote como debe ser cualquier cosa que quieras. Ya le dije que no sé si vas a regresar pronto. Qué malo y horrible chantaje, mamá. Bueno, en verdad te manda saludos. Se me hace que ella es la que más me extraña. Mira, mira. Qué sentido el muchacho. Ya, mamá, estaba jugando. ¿Qué más, Leo? Nada, mamá. Todo bien. Bueno, cuídate, te quiero mucho.

15.

Leo está en Brooklyn con Ed y el resto de sus amigos del pub. Es viernes por la noche y esta es la actividad que por mayoría el grupo decidió realizar. Están en una pequeña y angosta casa de ladrillo rojo; tiene tres escalones en la entrada. Van a realizar un ritual con ayahuasca. Les pidieron a todos ir vestidos de blanco. Al inicio, los forzaron para tomar una bebida color marrón y espesa en un vaso que pasaban de mano en mano. A Leo le dio más asco tomar después de diez participantes, que preocupación acerca del contenido del vaso.

Están los catorce participantes sentados en el piso de la sala formando un círculo, el lugar se encuentra a media luz, una de color amarillo. Huele a incienso o alguna planta que están quemando. Un chamán es el líder de la meditación y habla en una lengua extraña. Leo y sus amigos asumen que tienen que cerrar los ojos, o quizá es el efecto de lo que tomaron, el caso es que los cierran. Justo en ese instante, Leo imagina un cuarto blanco, vacío, brillante. Después se ve a él de niño, sentado en el centro de esa habitación, descalzo y vestido de blanco. Piensa en un evento que es claro que no ha podido olvidar. Luego se da cuenta que no es uno, sino varios recuerdos similares. El que más le lastima es el de una comida en casa de sus padres; él tenía nueve o diez años. Su papá le había pedido que dejara de jugar y reírse con su hermana; decía que en la mesa no se jugaba. Leo era un niño, y sonrió una vez más. Su padre gritó, se paró, golpeó la mesa, tumbó de un manotazo el recipiente de la ensalada y con la otra mano le dio una cachetada a Leo, mientras le gritaba que en la mesa no se juega. Leo no puede olvidar ese evento, no puede entender por qué lo agredía de esa manera y, sobre todo, por qué su madre nunca lo defendía o protegía. No puede olvidar el dolor en su infantil mejilla, ni el desconsuelo de sentirse menospreciado por su padre e ignorado por su madre. No logra evitar ver la cara de susto de su hermana. Volaron lechugas, se cayó el salero, se cayó Leo. Recuerda muy claro cómo entró Rosita fingiendo haber entendido que le habían hablado. Su nana fue la primera, de hecho, la única, en llegar con Leo. Fue ella quien lo abrazó, lo levantó del piso, lo limpió y se lo llevó a la cocina. El padre ya se había ido. La mamá y la hermana quedaron paralizadas en la mesa. Es fecha que Leo no comprende por qué su madre no hacía nada al respecto. Sigue la cadena de recuerdos: golpes en las comidas, en restaurantes, en diversos lugares. Por eso cada vez menos familiares los visitaban, por eso cada vez hablaba menos. La mesa era un lugar de alto riesgo, había muchas cosas que podían enfadar al padre, y la violencia podía aparecer en cualquier momento. Leo ya no quiere tener esos recuerdos. Intenta con mucho esfuerzo dejar de pensar en aquello que le lastima, y poco a poco se acuerda de algunas escenas eróticas de la semana de sexo que tuvo hace poco en búsqueda de inspiración.

Sin darse cuenta de cuánto tiempo pasó, despierta, y está tirado boca abajo en el piso de la habitación, le chorrea baba de su boca y mocos de su nariz. Le arden los ojos y le duele la cabeza. Algunos participantes también ya despertaron de sus sueños, otros siguen sentados con las piernas en posiciones poco convencionales. Una pareja se besa y se manosean sus cuerpos. Leo está mareado y vomita. No es el único. Se siente raro, no le da pena; al parecer nadie está avergonzado. Recuerda lo que soñó, y siente que el pecho se le comprime. Quisiera poder vivir sin ese dolor y entender por qué su padre actuaba contra él con tanto odio.

16.

¿Leo? ¿Bueno? ¿Bueno? ¿Qué pasa, Lorena? ¿Cómo estás, hermano? Todo bien, ¿y tú? Bien, qué milagro que preguntas. Te tardaste unos segundos en aventarme el primer reclamo. Ay, ya, no seas sentido. ¿Qué pasa? Nada, acá todo tranquilo. Qué bueno, allá todo siempre está igual. No seas mamón, Leo. Bájale tantito, que no se te suba que llevas no sé cuántos años viviendo en Nueva York. ¿Qué pasa, Lorena? Es que te excedes, güey. ¿Yo? Sí, güey. Sólo les causas preocupaciones a mis papás. ¿Qué? Los traes siempre mortificados, no sólo por todo el dineral que te dan para mantenerte allá, sino cuando te desapareces y por mucho tiempo no saben nada de ti. Les preocupa que te haya pasado algo, luego les entra el sentimiento de que no quieres hablar con ellos. ¿A mis papás? ¿Estás segura de que te refieres a los mismos padres? Ya, güey. Ya bájale. No te hagas el chistoso, sarcástico, o lo que sea. Es que, güey, no viene al caso lo que me dices. A mis papás les vale madre lo que yo haga o no haga acá. Si acaso, últimamente les preocupa el dinero con el que me apoyan. Sí, ya supe que mi papá te dio un ultimátum, ¿no? Ajá, y me vale madre; yo acá me voy a quedar. Toco en varios lugares, y ahí saco una lana, además voy a rentar la mitad del depa. Ya con eso la libro para sobrevivir sin el dinero de papá. ¿En qué lugares estás tocando? Equis, güey, no los conoces. Donde sea que pueda sacar una lana. Necesito quedarme aquí. Aquí es donde suceden las cosas, las oportunidades. Pues no comparto mucho tu punto de vista, pero la verdad ya no quiero discutir otra vez eso. Tú sabes lo que haces con tu vida, ya estás grandecito. Lo único que te quiero decir es que ya no mortifiques a mis papás. En serio, güey. Mira, pensé mucho si debía decirte esto, la cosa es que el otro día mi papá se puso muy mal. Estaba en la oficina y sintió un dolor muy fuerte en el pecho. Batallaba para respirar, tenía la cara roja. El caso es que le llamó a su secretaria y ella lo pudo calmar un poco. Una ambulancia lo llevó al hospital, ahí pasó dos noches. No me quisieron explicar qué estudios le hicieron, mucho menos los resultados; al parecer le dijeron que era por el estrés. Mi mamá dice que lo primero que le comentó es que estaba muy preocupado por ti, que quizá por eso se había sentido así. ¡No mames! ¡No mames, Lorena! ¡Al chile que no mames! Dime por favor que no le creíste esa mamada. Lo último que le preocupa a mi papá en este mundo soy yo. Será el colesterol que ha de traer hasta la madre, la presión alta o cuanta chingadera le puede dar teniendo esa panza gigantesca. O algún coraje por sus negocios, pero ¿por mí? ¡No me chingues, Lorena! Pues será lo que sea, Leo, eso es lo que dijo. Y entonces yo te quiero decir que le calmes, que ya no le causes problemas, ni mortificaciones. Lorena, otra vez te lo digo: yo no le preocupo a él para nada, y tú y yo sabemos que el dinero no le causa estrés. Además, ya te conté mi plan; dentro de poco ya no me dará ningún pinche centavo y no sabrá absolutamente nada de mí. Yo ni hablo con él, ¿cómo habría de preocuparse? Cuando hablo con mamá él nunca participa. Mamá dice que desde ese día está muy mortificado por su salud. Pues se tardó mucho, no mames. Y que, regresando a la casa, lo primero que le mencionó a mamá fue: ¿Si me muero, quien va a manejar mis negocios? Aquí es cuando tu hijo debería estar. Ay, no mames, Lorena.

17.

Qué, ¿te crees Carlos Santana, o qué? Vente a trabajar como Dios manda, acá a mi empresa, huevoncito. Siempre le dije a tu mamá que Lorena parecía ser el hombre y tú la mujer. Tan mariconcito. Ya se te va a acabar el veinte. Ya te chingaste. ¿Me escuchas? ¿Me escuchas, Leonardo? Sí. Contéstame, cabrón. Cuando te esté hablando me contestas siempre. Te estoy escuchando. Pudiste haber hecho tantas cosas. ¡Papá! Empezando cuando, por huevón, no quisiste ir a las Olimpiadas. Decían que ya habías clasificado, y simplemente no fuiste porque no te interesaba. Papá, déjame hablar. El fútbol americano, generaciones, chingado, generaciones que habíamos jugado en Avispones y a ti te valió madre romper la tradición, que porque temías romperte las manos. Papá, ¿por qué me hablas cuando estás borracho? Tus pinches manos de músico que no han tocado nada decente en su vida. De ese supuesto músico que es tan indeciso y vago, que no puede tomar una decisión acerca de cuál es su música favorita. Nunca aprendiste a pelear. Nunca supe que te hubieras chingado a alguien. Ya dime, cabrón: Eres jotito, ¿verdad? No puedo creer que me preguntes eso, papá. Tan indiferente a todo, tan maleducado. Hasta nosotros te valemos madre. Nomás nos buscas para pedirnos dinero. Bien me decía tu abuela que te estaba criando muy chiflado, que te daba todo. Ya me sé todas esas historias, papá. Y pues no le hice caso a tu abuela, y mira, ahora ahí andas vagando por el pinche mundo, patrocinado por mí. Dijeras, el muchacho tiene dieciocho años, pues no. No chingues. Tienes veintitantos, casi treinta. Ya pronto no me vas a dar nada. Verás que sí, sólo porque soy hombre de palabra, nada más por eso no te corto el apoyo antes, porque ya me tienes hasta la madre; ya me cansé de verte de huevón. Todos los hijos de mis amigos están trabajando, logrando éxitos, maestrías, creando empresas, tienen familias hermosas. ¿Y tú? ¿Y yo? ¿Qué chingados les cuento? No quiero que me pregunten por ti. Ya, papá; te voy a colgar. Me da pena que me pregunten por ti. ¡Me das pena, cabrón! Voy a colgar. Mira, cabrón: tú que cuelgas y te lleva la chingada; a mí me tienes que respetar. ¡Dime, Leo! ¿Qué les cuento? ¿Qué les digo de ti? ¿Que ahora sí lo vas a lograr? ¿Que ya casi? ¿Que ésta sí es la buena? Hasta la hija de uno de los compadres, el otro día contaron que se ganó una beca en no sé qué universidad de Nueva York, para irse a estudiar el violonchelo. ¡El violonchelo! No chingues, Leo. Así, sin tanta complicación, ni tiempo, ni historias, la niña esa se ganó la beca y ya está allá tocando en recitales y estudiando en una universidad bien chingona. ¿Y tú? ¿Cuánto llevas allá? Ya, papá. ¿Qué es lo que tanto te molesta? ¿Es por el dinero? Nunca el dinero ha sido tema para ti. ¿Qué es? A ver, dime de una buena pinche vez, ¿qué es lo que tanto te caga de mí? Calmado, muchacho, a mí no me hablas así, cabroncito. Bájale de huevos. No terminaría, cabrón, de contarte todo lo que no me gusta de ti. ¡No acabaría! La lista de lo que nos tiene a tu mamá y a mí hasta la madre, es enorme. ¡Enorme, cabrón! ¿Bueno? ¿Bueno? ¿Mijito? ¿Bueno? Dame el teléfono, Lorena. ¿Mamá? ¡Mijito! ¡Lorena, el teléfono! ¿Todo bien, mamá? Sí, mijito. Ya sabes cómo se pone cuando se le pasan las copas. Mira, cabrón, te digo que no acabaría, y ya me cansé de decírtelo una vez más, en resumen, entre lo holgazán que eres y que no tienes los huevos, el valor, o como le quieras decir, para hacer las cosas bien, ¡estás jodido! Y sin huevos, vale madre todo. Sin huevos no sabes ni lo que quieres. Sin huevos se toman decisiones tan pendejas como querer ser músico e irte a vivir a Nueva York. Asgrgggrr shhsm ird dameshh nomecuelg dma ¿Bueno? ¿Bueno? ¡Cuelga, mijito! Beeeeeep.

Nadie es libre, aun los pájaros están encadenados al cielo.

Bob Dylan

18.

Anoche, en el pub, Ed me preguntó cómo es mi mujer ideal. Y no le supe responder. El resto se rio cuando dudé. Todos habían contestado de forma inmediata y con mucha seguridad. Yo pensé mucho, tartamudeé. Y, claramente, fui creando en ese momento mi respuesta: Güeras, anchas de cadera, buen trasero, pechos de medianos a grandes. Cuando terminé hubo varios que seguían riendo. Se burlaban de mi respuesta tan estereotipada. Dijeron que de ese estilo había millones en Nueva York y que, a pesar de eso, en todos estos años no había logrado tener una relación que al menos durara unos tres meses. Entre las burlas y las carcajadas, Ed dijo que ese era mi problema también para crear música. Si no sabes cómo es tu mujer perfecta, ¿cómo coños vas a poder encontrar una melodía brutal? Y hoy, pasada la noche, con un nuevo amanecer encima y dos tazas de café en mi cuerpo, muy en privado, y para mis adentros, le puedo reconocer a Ed que tiene razón. Nunca he sabido exactamente qué es lo que quiero. Por mucho tiempo pensé que la inspiración y la creatividad me irían llevando por un camino lleno de aciertos, como si mi musa me fuera a ir guiando por la vida, y me aconsejaría qué decisiones tomar, qué música y escuela elegir, qué trabajo aceptar y cuál rechazar, qué acorde preservar y cuál eliminar por completo. Como si en mi libreta el pentagrama fuera mágico y ahí se me dieran las respuestas para cada decisión que debía tomar, o al menos a las complicadas. Si alguna vez creí en ese método era porque todo iba bien, o no tan mal, o porque para todo siempre había tiempo para esperar una ocasión más. Y ahora siento que el tiempo se me acaba en muchos sentidos. No sólo el plazo del apoyo de mi padre, sino la etapa de mi música. Cada vez hay más jóvenes que tocan cualquier tipo de música a gran nivel, y muchos artistas que la hacen en grande desde su adolescencia. ¿Y yo? Aquí sigo en el mismo caos, y siento que ya los treintas están muy cercanos. ¿Y si mi papá tiene razón? ¿Y si ante los ojos de todos soy un indeciso? ¿Y si soy un típico perdedor? Ed está en lo correcto, si no puedo describir a mi mujer perfecta, ¿cómo madres voy a hacer mi melodía perfecta? Incluso me dijo que ambas respuestas deben venir directo de la inspiración, que desde el lugar de mi cerebro en donde se debe procesar la información de cuál es mi mujer perfecta, desde ese mismo rincón, debería venir mi creatividad, mi capacidad de sentir tanto que lo tenga que transmitir, gritar, tocar, cantar. Si Ed tiene razón, pues entonces estoy jodido.

Pareciera una teoría muy estúpida, sin ningún fundamento; aunque capaz que es acertada. Me agota tomar tantas decisiones. Yo pensé que el camino se iría mostrando solo. Ya me queda claro que no. Todo es momentáneo, rápido, desechable. No tengo modelos claramente definidos. No siempre sé qué es exactamente lo que quiero o lo que me gusta. Sí, sí divago. Sí, sí me interesa tanto el jazz como el rock, ¿y qué? ¿Qué tiene que ver eso con mi problema para componer buena música? Tan fácil que era todo antes. Tan simple que se veía el camino cuando era joven, y caminaba con mi guitarra colgada al hombro. En el futuro era cuando todo iba a fluir, a suceder, a tener sentido. Se veía el camino o los caminos, al menos veía opciones. Ahorita ya no veo nada, todo está nublado, borroso y sucio. Ahora el futuro es este instante. Y esto me da miedo, ansia y prisa. Así no voy a poder tocar nada bueno, ni siquiera covers. Ahora las confusiones. Los cambios de planes. Hoy ni siquiera puedo describir a mi mujer perfecta. Aún retumban en mí las carcajadas; los recuerdo a todos moviéndose en cámara lenta, viéndose entre ellos con sorpresa. No jodas, Leo. No me jodas, me dijo Ed.

Me caga cuando Ed toma postura de experto. Se le olvida que él es un dramático y nervioso, que en todo ve riesgos. Muchas cosas de su vida le dan miedo, sin embargo, a veces, cuando se trata de la vida de otros, da consejos como si fuera un especialista, aunque nadie le pida su opinión. Anoche ya no le quise decir nada, porque no tenía ánimo de entrar en una discusión tan subjetiva como esa. La verdad es que me molesta tener que dar una respuesta correcta para todos y, además, en el momento preciso que me la pidan. Eso me tiene hasta la madre. A mi papá; contestarle siempre con lo que él tiene en su mente, su plan, sus formas, sus tiempos. En las audiciones; el ritmo preciso que se le ocurrió en ese momento al maestro o juez. A las mujeres que voy conociendo; siempre, chingadamadre, siempre tengo que tener la respuesta exacta y correcta. A mi madre; el comentario que no le mortifique. A mi hermana; la explicación que la haga sentir menos culpable. Raquel, Raquel, Raquel nunca pedía respuestas perfectas. ¿Por qué? ¿Por qué para todos les es extremadamente fácil contestar bien, explicar sus sueños, sus planes y hasta sus metodologías, y yo casi nunca puedo explicar una chingada? Según yo todo me iba a fluir. Y últimamente hasta a mis amigos les tengo que decir la respuesta correcta. ¿qué pinche importa que no tenga una mujer perfecta? ¿No me pueden gustar todas y ya, a la chingada, se arregla el problema? ¿Qué tiene de pendejo dudar si mi mujer perfecta es pelirroja o güera? ¿O si es jazz o rock? ¿O si primero toco con una banda y luego estudio? ¿O si ya no quiero hablar con mi hermana? ¿O hablar con mi mamá sólo una vez al mes? ¿O si una semana no quiero ir al pub? ¿Por qué tengo que seguir los mismos patrones? ¿Qué chingados hubiera pasado si les contesto que mi mujer perfecta es una gorda enorme, con una dentadura amarilla y una nariz grande y chueca? ¿Qué? ¿No pudiera ser alguien así mi mujer perfecta? ¿Por qué el éxito es ganar un Grammy? ¿O formar una familia? ¿O ser millonario? ¿Qué si cambio de opinión y aspiro a tocar *American Pie* en algún hotel de un aeropuerto y con eso me conformo, o, es más, con eso soy feliz? Pinches estereotipos, me tienen hasta la madre. Qué si en mi siguiente tocada voy vestido con un traje gris y una corbata brillante de color púrpura. O, peor aún, más extremista, digamos que si en lugar de Nueva York me quiero ir a Nepal o a Katmandú, y tocar canciones en un bar de alpinistas. Ya sé que todos usamos los estereotipos, y lo reforzamos día a día, pero hay momentos que te hartas y que te revienta la madre algo tan simple como las burlas de tus amigos. Hay días así. Y hoy es uno de ellos. Hoy llueve, dicen que los primeros días de frío se acercan. El marco de acero de la ventana de mi departamento ha acumulado humedad, y una gota cae cada cuatro segundos desde la parte superior al riel inferior. Como si lloviera poco adentro. Huele a tablarroca mojada. Algún vecino está desayunando salchichas, el olor traspasa estas paredes de papel. Pareciera una urbe desierta, una metrópoli dentro de ésta. O una ciudad dentro de mí y luego yo dentro de otra. A veces siento que camino en calles solitarias, cuando en realidad están repletas de personas que caminan a centímetros de mí. Hay momentos en que me siento en una ciudad abandonada, despoblada, sólo con el olor a drenaje y el viento moviendo hojas de color café marrón. Todo esto en silencio total. Nada causa ruido; ni mis pasos ni el aire. A veces siento que encajo perfecto en este espacio, en la indiferencia, en los tumultos, en la decadencia americana, en los bares mediocres, los edificios con departamentos miniatura cuyas paredes tienen cientos de capas de pintura. En estos años aquí, creo que han pintado siete veces las paredes de la escalera central del edificio. Usan diversos colores verdes. Se rumora que los dueños son irlandeses.

En otras ocasiones me siento totalmente fuera de lugar. Como un guitarrista metalero en un concierto de arpa, y que, obviamente, todos me detectan de inmediato y me apuntan con sus lámparas de mano color dorado. Como si fuera un obsesivo compulsivo por el orden, la legalidad, lo lírico, lo rítmico, la limpieza, y me toca vivir a diario aquí, en Nueva York, en donde muchas mañanas me despierto con el olor del desayuno de los vecinos, que, por cierto, estoy seguro de que tienen que morir pronto; siempre comen salchichas. Despierto olvidando para qué lo hice. Ya no me quiero hacer ese tipo de preguntas; me aturden como la chingada, y me acelero y más me alejo de sentirme inspirado. Se me mueven los dedos sin control; pierdo mis tonos, como si estuviera totalmente a la merced de mi ansiedad. Siento, a veces, que mi vida, literalmente mi vida, dependiera de ese instante en que estoy tratando de crear música buena, chingadamadre, música de esa que sabes desde el primer acorde que es un rolón, de esos que van a hacer brincar a la gente y que van a durar no sólo años sino décadas, y que sobrevivirá generaciones. Esa es el tipo de música que, cuando me siento bien, me gusta decirme que es la que debo crear. Para cualquier cosa menos, ahí hay millones de músicos mediocres que acaban tocando en piñatas y fiestas de cumpleaños.

Mi mayor reto es aguantar mis inviernos. Mis tormentas. Debo lograr callar todas esas preguntas que me surgen enlistadas, y esas voces que me las formulan; una tras otra, en tono estricto, abrumador y reclamador. Debo poder volver a sentirme como me sentía en mi juventud. Donde nada me preocupaba y con la guitarra colgada al hombro todo estaba solucionado, y todo era posible. No había nada más que música, amigos y mujeres.

19.

Nicolás, o Nico, nació en Chile hace veintidós años. En una colonia humilde y miserable de Santiago de Chile, vio la luz por primera vez. Su madre casi moría mientras él nacía. En los siguientes días ambos estuvieron a punto de fallecer. De pronto dejaron de llorar, de sudar, y poco a poco fueron sanando de lo que los afligía. No supieron qué les pasó. Era mucha la pobreza como para andar haciéndose esas preguntas. Nunca le contaron esa historia a Nico, ni sus padres ni sus abuelos ni tíos. En la miseria la rutina engaña y pareciera que nada sucede. Hablaban poco, sólo lo necesario. La tristeza los iba dejando mudos. Estaban tan preocupados por sobrevivir cada día, que no tenía sentido contar la historia de cómo Nico la había pasado en sus primeros días en este mundo, lo que importaba era que estaba ahí, y listo, para adelante.

A pesar de toda la pobreza, limitantes, prisas y tristezas, intentaban pasar un momento juntos en las noches. Nunca lo planearon ni lo pidieron, fue de esas costumbres que surgen de la nada. Tomaban algo, comían poco, se miraban a los ojos. Prendían una fogata. Como si se autoengañaran, como si, aunque fuera por unos segundos, tuvieran el valor para fingir ser felices o para rebelarse al destino tan sólo un poco, y decirle que, a pesar de todo, ahí estaban en esa noche; los padres, los tíos, los abuelos, la hermana, los que fueran, mientras el fuego les iluminaba por segundos sus rostros. Ahí estaban ellos sonriendo un poco, contando historias, viendo una telenovela en una televisión miniatura en blanco y negro, matando la noche a minutos, como buscando algo de esperanza en la oscuridad.

Tomás, el padre de Nico, era jardinero en El Club Campestre de Santiago. Llevaba una década con ese trabajo. A pesar de tantos años, nunca le habían aumentado el sueldo. Él sabía que ahí no había posibilidad de ganar más; había cientos de personas dispuestas a tomar con alegría su puesto. Sentía un poco de culpa por trabajar en un lugar tan hermoso, con grandes jardines, altos árboles, flores, silencio, paisajes verdes y orden. Era un perfecto contraste con la colonia en la que vivían; por eso no se animaba a buscar otro trabajo en donde pudiera ganar un poco más de dinero. Cuando Tomás llegaba al Campestre se transformaba, sonreía más fácil, se olvidaba un poco de su vida fuera de ese lugar, incluso disfrutaba algunos momentos. Los días que más le agradaban era cuando le tocaba cortar el césped y arreglar las jardineras del área de las canchas de tenis. Le gustaba el silencio, el deporte, lo verde de las pelotas, el rechinar del calzado de los jugadores en la cancha, el sonido del impacto de las raquetas contra las pelotas. Nunca supo los motivos que le hicieron amar ese deporte desde niño; le decían que era una persona muy rara por preferir el tenis al fútbol.

Una mañana, los padres despertaron a Nico y a su hermana Marti. Los cuatro se iban de viaje. Nico tenía cuatro años, apenas recuerda algunas imágenes de ese día. El padre llevaba una maleta vieja que alguien le había regalado, la madre una especie de morral. Se despidieron de los familiares y se fueron. Iniciaron el muy poco probable viaje de unos chilenos; el padre había decidido ir a California, Estados Unidos, a ver qué pasaba allá.

No podía irles peor, es lo que decía. Y empezó el recorrido: un camión tras otro, largas caminatas, algunos barcos, ferrocarriles, autobuses. Fueron meses, hasta que un día les dijeron que la tierra que pisaban ya era la de los Estados Unidos de Norteamérica. Ese desierto, que pudiera ser de cualquier parte del mundo, les decían que era su destino. Sólo tenían que seguir al sol y, de preferencia, perderse en alguna ciudad pequeña. Cambiarse, fingir pertenecer, camuflarse, no hablar, buscar a similares. Así es como Nico, a los cuatro años de edad, estaba con su familia en algún lugar de California.

La llegada no fue fácil: deambularon por refugios, iglesias y grupos de ayuda a inmigrantes. Sufrieron robos, burlas, golpizas, persecuciones de americanos y hasta de hispanos. ¡Go back to your country, motherfuckers! ¡You are stealing our jobs! ¿Qué dicen? Que les robamos su jale, le explicó un mexicano. ¿Qué les robo, mujer, si no tenemos nada? ¡Los niños, Tomás! ¡Los niños! le gritaba Martina, su esposa. ¡Nos van a robar a las criaturas! Era una constante huida. No podían confiar en nadie.

Todos enfermaron. Fiebres, sed, ataques de tos, vomitaron sangre, pasaron hambre, quemaduras en la piel. Por más pobreza que sufrieron en Chile, nunca sintieron ese dolor de estómago, como si se clavaran ahí cientos de cuchillos. Los niños, Nico y Marti, no paraban de llorar. ¡Son los espíritus que nos castigan por haber dejado nuestra patria, Tomás! Perdieron la maleta y el morral. Sólo quedaban ellos y la ropa vieja y sucia que vestían. Tomás no paraba de preguntarse por qué se habían ido a ese país. Por qué nadie les contó de estas situaciones. Sólo habían escuchado que Estados Unidos era el país donde los sueños se hacen realidad, la tierra de las oportunidades, donde los inmigrantes son bienvenidos, y con eso les fue suficiente.

Ahora han llorado como nunca. Sentirse perdidos y perseguidos era algo nuevo para su muy humilde vida. De pronto, Santiago de Chile era un buen recuerdo, de pronto, su choza era una gran mansión; y los amigos, los conocidos, las sonrisas, los abrazos eran grandes y emotivos recuerdos de su tierra.

Arrastrando los pies, la familia caminaba al lado de una pequeña carretera. No podían más, se entregarían a la policía o la autoridad que fuera, les urgía tomar agua, lo que pasara después de eso ya no importaba. Todo en su mente había desaparecido, apenas se podían mantener de pie. Escucharon el ruido del motor de una camioneta que se detuvo a su lado. Era una pick up Ford color blanca, con una raya roja al costado. Tomás apenas pudo girar muy despacio su cuello, de reojo, y ya con la mirada borrosa, vio los colores blanco y rojo, y le recordó la bandera de su patria, los ojos se le humedecieron. Nico y su hermana cayeron al intentar detenerse. Martina los ayudaba a levantarse, cuando el viejo que conducía la camioneta, con un acento extraño, les dijo: ¿Querer trabajar? ¡Subirse! Caían lágrimas a las mejillas de Tomás. No podía hablar. Los niños lloraban y Martina rezaba a la Virgen del Carmen. El viejo era obeso, tenía la piel blanca y gruesa, se veía curtido por el sol; sus manos eran grandes. Traía una gorra roja con la visera muy arqueada, y usaba un overol de mezclilla, no sonreía. Su barba blanca era muy poblada. ¡Subirse! Tomás buscó lento la mirada de su esposa, se miraron por unos segundos y pensó que no podían perder más, que no podían estar peor, razonó lo mismo que cuando en Chile decidió partir al norte. ¿Qué le hacía? Se subieron los cuatro a la caja trasera, la camioneta giró y regresó por donde había llegado.

Por más que don Tomás quería parar de llorar, no pudo. Por más que quiso mantenerse despierto, por más aire fresco que le revoloteaba en la cara, no pudo. Con el arrullo del andar de la camioneta, cayeron dormidos a pesar de que no sabían su destino. Ya no aguantaban la sed ni el dolor de estómago, no podían controlar su cuerpo.

Despertaron cuando la camioneta paró drásticamente. El viejo miraba hacia el atardecer; era un hermoso sembradío de tomates. Sembradíos verdes interminables, líneas rectas de arbustos y caminos. Un atardecer perfecto, un aroma a tierra mojada como nunca habían olido antes, y lo mejor de todo fue ver a personas que parecían similares. El viejo les dijo ¡Bienvenidous!, y les presentó a Paulino, El Mexicano. ¡Bienvenidos, hermanos! Nunca antes Tomás y Martina habían disfrutado tanto escuchar unas palabras en español. Sonrieron un poco. El viejo se fue y Paulino les enseñó el lugar; les explicó las reglas y hasta les dijo los detalles del sueldo. Sí, Tomás: aquí podrán vivir, aquí podrás trabajar. Ahí empezó a enderezarse un poco el sueño americano de la familia de Nico.

En un rancho cercano vivían en diminutas habitaciones de láminas de acero. Era una comunidad pequeña de hispanos de diversos países. Había un comedor atendido por algunas esposas de los que trabajaban las tierras. El viejo les daba la comida, además, decía que les regalaba donde dormir. ¡Chinguale, gouey!, el americano los animaba en las mañanas, como si fuera su saludo, mientras tomaba un café caliente al lado de su camioneta pick up blanca. Los días se pasaban rápido pizcando o sembrando vegetales, frutas, de todo. Parecía una tierra mágica, lo que le echaras daba fruto. Mientras pasaba el día agachado, sudando, con el lomo al sol, Tomás no extrañaba su trabajo de jardinero en El Campestre de Santiago. Estaba feliz, sentía su vida pasada muy lejana. A pesar de no charlar mucho con el resto de los trabajadores, se sentía entre amigos.

No había tiempo para pensar; tan pronto como llegaba a su cuarto, Tomás caía dormido. Apenas alcanzaba a ver a Nico, Marti y a Martina. Por las madrugadas, antes de partir a trabajar en el camión que los llevaba a los campos, Martina se levantaba para despedirlo. Hay que irnos de aquí, Tomás. ¿Qué te pasa, mujer? Apenas y llevamos unos meses ¡Aquí es el paraíso! Hasta tenemos plata. ¿Cuántos sobres has guardado? No gastamos nada; aquí comemos, trabajamos, dormimos. Gano mucho más que lo que me daban en Chile ¿Y de qué nos sirve, Tomás? ¿Cómo que de qué nos sirve, Martina? Es que esto no es vida. No te entiendo, te estás yendo en la profunda; ¿a poco lo que teníamos en Chile sí era? ¿Te gustaba andar patos? Vivimos entre extraños. Los niños no tienen nada que hacer durante el día. A mí no me pagan por lo que trabajo en el comedor. Para, mujer, para. ¿Cuánto vamos a estar acá? ¿Nos vinimos para vivir encerrados en este lugar tan raro? ¡Extraño Chile! Dicen que a cada rato llegan los policías de la frontera y se llevan a todos en grandes camiones. Dicen que a unos los avientan a la frontera a patadas, a otros los mandan a la cárcel y de muchos ya no se sabe nada de ellos. ¡Yo no quiero eso! No puedo vivir con este miedo. No, Martina. Estás hablando cabeza de pescado, no tengas miedo. No te arrugues. Esas historias son mentiras. Paulino, El Mexicano, dice que lleva más de diez años aquí; mira la camioneta gigante que trae. A lo mejor él trae papeles. No sé, dicen que llegó sin nada, y mira. Pues sí, Tomás, él no vive aquí con todos los trabajadores. Él ha de tener papeles, o igual y ya es gringo. ¿Qué hacemos con los niños? No me gusta estar aquí; parecemos esclavos. No, Martina, a los esclavos no se les paga. Acá, hasta nos prometieron que en unos meses nos consiguen papeles. ¿Tú crees? ¿Les crees, Tomás? ¿Quién dice eso? Los muchachos, los que llevan más tiempo. Esos dicen cualquier tontería. Sí, igual que tus amigas del comedor. Pregúntale al viejo. Claro que no; al viejo no se le puede hablar. ¿Por qué no? ¡Es el patrón, Martina! ¡Por una madre, es el patrón! No puedo ni acercármele, ¿cachái? Además, gracias a él estamos vivos y tenemos esto. ¿Qué es esto, Tomás? ¿Te refieres a este cuarto de lámina con piso de piedra, de tres por tres metros y con cuatro catres? Pues es casi igual a lo que teníamos en Chile, más los sobres con la plata que has guardado. ¿Y qué con eso? Me siento inútil. Tus hijos están sin qué hacer todo el día. Siento que de pronto un día vamos a perder esto poco que hemos avanzado. Presiento que va a llegar la policía de la frontera y en un instante se nos caerá todo, Tomás. Dijiste que acá los niños irían a una escuela, ¿a cuál, Tomás? No hay, aquí es como un campo en el que somos sus esclavos. Ya íbamos a morir; llegar aquí nos salvó. Estamos vivos gracias al viejo, a este rancho, a este campo que dices. ¿Por qué no nos dejan salir, Tomás? Pues porque nadie tenemos papeles, eso se entiende a la primera, mujer. Y esto ya lo sabíamos. ¿Y qué si, por andar de aperrados, de pronto perdemos todo, nos separan y no nos volvemos a ver? ¿Y qué si se llevan a Nico y Marti y jamás ves más a los nenes? No nos sirven de nada los sobres de plata que has ganado, ni que te partas el lomo todo el día. ¡Vámonos, Tomás! ¿A dónde, mujer? ¿A dónde quieres ir, si aquí es el paraíso? ¡No Tomás, no es el paraíso! ¡Pues al menos es mejor que lo que teníamos en Chile! ¡No, claro que no! ¡Claro que sí! Aquí todo es ordenado y callado. Aquí el campo es hermoso, no hay polvo ni contaminación. Tenemos comida segura, y los niños pueden correr en estos campos llenos de frutos, ellos la están pasando chancho. Además, nunca habías visto atardeceres tan hermosos. ¡Tomás! ¡Me valen un coño los atardeceres! ¡Te digo que estamos en peligro de que nos metan en cana o que nos regresen y no nos miremos más, y tú me hablas de los atardeceres! Me tengo que ir, Martina.

¡Los meses se amontonaban, y Martina no dejó de insistir. No pasaban más de dos días sin que le recordara a su marido que se tenían que ir. No podía quedarse callada; sentía que ella veía cosas bastante obvias que Tomás no, como que la mayoría de los trabajadores fueran del mismo rango de edad. Como que no hubiera viejos trabajando, ni siquiera mujeres mayores en la cocina. Como que no era sano para sus hijos pasar, ahora ya más de un año y medio, sin nada qué hacer durante todos los días. Como que no pudieran jamás salir de ahí. Cosas extrañas para ella y normales para él. Hasta que una noche sólo regresaron al rancho la mitad de los camiones de los trabajadores. De uno de ellos se bajó Tomás. Traía otra mirada. Metió a Martina al cuarto y le dijo: Mujer, la Migra se cargó a todos los de los otros camiones. Eran los que andaban en el limón, los del tomate nos salvamos. ¿Y si mañana van por ustedes, o llegan aquí y se llevan a los niños? Ya para con los miedos de los niños, mujer. Es que parece que tú no temes a nada. Nunca habíamos ganado tanta plata como la que hemos hecho en este año y medio aquí. Pero jamás habíamos estado encerrados tanto tiempo. No estamos encerrados; aquí tenemos todo. ¡No somos libres, Tomás! ¡Pues en Chile, con tanta pobreza, tampoco lo éramos!

Al día siguiente sólo regresó un camión. Ahí venía Tomás. Había muchos rumores, desconcierto, caos. Las mujeres lloraban. Paulino, El Mexicano, quería calmarlos. Decía que en unos días a todos los iban a regresar.

Esa madrugada, desafiando sus miedos, muy despacio y de forma callada, salieron de sus cuartos con los niños dormidos en los brazos. El cielo estaba lleno de estrellas. Algunos perros ladraban a lo lejos. No cargaron nada más que a sus hijos. Martina escondía los sobres con dinero en varias partes de su cuerpo apelando a su sentido común. En lugar de dirigirse rumbo al portón del rancho donde todos los días salían los camiones, Tomás decidió caminar hacia el lado opuesto, allá se levantaba una colina y luego se formaba un bosque. Caminaron lento durante toda la noche. Tomás cargaba a Nico, ya de casi seis años, sentía que pesaba más que un costal de tomates. Martina llevaba a la nena Marti, que había pasado su cuarto aniversario. Nada importaba. Ni la noche, ni el peso, ni las historias de espíritus, ni de balas perdidas, ni de policías salvajes, ni de americanos que cazaban indocumentados. Había que huir. Sin destino ni camino, sólo debían alejarse, sin saber si en realidad se acercaban a otro problema más grande. Nada era seguro desde que dejaron su patria hacía más de año y medio. Ninguno de esos días había pasado sin que Tomás y Martina se preguntaran en silencio: ¿Por qué nos salimos de Chile?

Pasaron toda la noche caminado entre bosques y colinas. Escucharon lobos, vieron serpientes, torretas de la policía, estrellas fugaces y algunas luces en movimiento en otras colinas. ¿Será que todos huimos siempre, mujer? No hables, Tomás, no hables. En el silencio, sus pasos sobre las hojas secas y las rocas crujían como gritos. Juraban que a kilómetros de distancia eran escuchados. Martina temía tantas cosas que intentaba sólo concentrarse en sus rezos. Pasaron la noche sin parar de caminar. Al amanecer, llegaron a una pequeña carretera de dos carriles. Se mantuvieron en la orilla, se perdieron en los arbustos y caminaron en paralelo. Vieron un anuncio que decía:

Merced, California
Population: 42,734

Y sin ningún motivo en especial, Tomás decidió que ahí iban a llegar. Sintió que había que meterse y perderse en esa pequeña ciudad. Aceptó que su mujer tenía razón. De pronto la idea de quedarse en el rancho parecía obsoleta. Se dio cuenta que era un buen momento para correr otros riesgos, porque si de algo estaba seguro es que desde que dejó Chile, no iba a pasar un día sin que su vida estuviera en peligro. Con los niños despiertos, caminaron los cuatro entre arbustos y maleza, siguiendo la carretera a lo lejos. Era un sábado por la mañana, el sol que apenas empezaba a salir les pegaba en el lado derecho de sus rostros. Olía diferente que en Chile e incluso que en el rancho del viejo y El Mexicano. El segundo anuncio que vieron fue uno luminoso; un poste muy alto que en la parte superior sostenía una letra eme de color amarillo muy brillante. Los cuatro lo vieron; ninguno supo qué era, y lo ignoraron. Los arbustos iban disminuyendo, dejándolos descubiertos. La vereda terminaba en la carretera de dos carriles que ya llegaba a la ciudad. Pasaron una gasolinera en donde un viejo, muy similar al del rancho, los miró fijamente. Siguieron su andar en silencio, desconociendo el destino. No tenían idea de dónde estaban; sabían lo inútil que sería hablar o hacerse preguntas necias. Incluso los niños se mantenían callados; quizá estaban asombrados por la libertad, por la nueva ciudad, o pueblo, o lo que fuera. El siguiente anuncio que vieron decía:

Merced Tennis and Country Club

Era la mejor noticia que había recibido la familia Ríos. Martina le pasó su brazo por la cintura a su marido. Nico le abrazó una pierna a su padre y Marti arrancaba una pequeña flor silvestre. No tuvieron que decir nada. Caminaron hacia el club; se veían unos árboles enormes, los más verdes que jamás habían visto. Siguieron con su andar, empezaron a ver las rejas forradas de una delgada tela negra y los altos postes con las farolas de las canchas de tenis. Tomás ni siquiera intentó detener sus lágrimas de alegría. Fácil encontró el camino de entrada a la bodega; era como si fuera una copia de El Campestre de Santiago de Chile. Pasaron como si conocieran el lugar, y no hubiera nada en juego. Llegaron justo a la entrada de la bodega, al lado de un camión que descargaba cientos de toallas blancas dobladas a la perfección. Se pararon frente al señor que portaba pantalón y camisa azul marino con el logotipo del *Merced Tennis and Country Club* en un costado, a la altura del pecho. El logotipo era un árbol bordado en hilos dorados, en la parte de abajo se cruzaban dos raquetas de color café, y en la parte de arriba estaba escrito el nombre del club. La familia Ríos se paró frente a él y dejaron lo demás al destino, estaban agotados. ¿Qué pasa, paisanos? Les urge un taco y un baño. De nuevo, ese majestuoso gozo de escuchar a alguien hablarles en español dándoles buenas noticias. Tomás y Martina no pudieron hablar, sólo lloraron. A los niños se les hizo agua la boca cuando escucharon la palabra taco. El de la ropa azul les pidió acompañarlo; cruzaron la bodega, unos cuartos gigantes llenos de máquinas, tanques, calderas, unos pasillos oscuros y más caminos, hasta que salieron en la parte trasera del club, desde donde se veían a lo lejos las albercas y las canchas de tenis. Ahí, justo en el límite de la propiedad, estaba una construcción de ladrillos rojos, adentro había una planta eléctrica y unas calderas de emergencia; la otra mitad de la construcción funcionaba como una improvisada y muy amplia habitación. Era como encontrarse con el paraíso y empezar a creer que en este mundo se puede ser feliz. De pronto escucharon las palabras más dulces del mundo: Aquí pueden vivir todo el tiempo que quieran.

La mayor habilidad de Tomás era sus ganas de trabajar. Siempre con energía y entregándose al máximo. Terco. Empezó a trabajar en el Merced Tennis and Country Club, y ahí vivieron por años. Pasó de ser el jardinero nuevo al de mayor antigüedad. Muchos de los paisanos que llegaban sólo duraban unos meses y se iban en busca de otros sueños. Para él, y por suerte para Martina también, estar ahí era el paraíso. La habitación de ladrillos en el cuarto de máquinas era como una mansión para ellos. A nadie molestaban, ahí eran dichosos. Martina trabajaba en la cocina del club. Con los años y algunos cambios en las leyes, obtuvieron papeles, y los niños pudieron ir a la escuela, a la misma que iban todos los niños del pueblo, incluso los hijos de los socios del club. Se pudiera decir fácilmente que Tomás era el jardinero más feliz de California. A lo bueno uno se acostumbra al tiro, ¿verdad, Martina?, le decía en tono de broma a su esposa cuando llegaba a su cuarto a las cinco treinta de la tarde, ya habiendo completado su jornada laboral. O cuando la invitaba al centro del pueblo a caminar y a comprarse un helado, y en ocasiones hasta quedarse a cenar en un restaurante de comida mexicana, y cuando veía el camión escolar, el amarillo, como el de las películas, llevar a sus niños a la escuela. También se lo decía al salir del banco, en donde tenían una cuenta de cheques, e incluso, unos ahorros. Claro que Martina además escondía otros sobres con plata por cualquier lado; no les confiaba a los bancos. O al llegar a la iglesia repleta de hispanos, donde la misa era en español. También al escuchar a Nico y Marti hablar un inglés perfecto. Así, una infinidad de ejemplos que hacían que Tomás y Martina cruzaran sus miradas, sonrieran y confirmaran que habían hecho lo correcto.

Como siempre, los años pasan rápido. Los niños crecieron; ya eran jóvenes. Tomás llevaba más tiempo trabajando en el Merced Tennis and Country Club que lo que había trabajado en El Club Campestre de Santiago de Chile. Tomás y Martina incluso hablaban algo de inglés, Nico y Marti lo hacían de manera perfecta, de hecho, a veces batallaban para hablar español. Marti consiguió una beca para estudiar en una universidad californiana, por lo que tuvo que dejar el hogar de los Ríos. Nico no corrió con la misma suerte; al terminar preparatoria, no logró entrar a ninguna universidad. Tuvo varios empleos: desde andar en los campos sembrando, cosa que no agradaba a sus padres, hasta en empresas de construcción o petroleras, y en cuanta oportunidad hubiera por la zona. Le agradaba vivir en Merced con sus padres. El trabajo que fuera estaba bien, mientras pudiera seguir jugando tenis los lunes, día que el club cerraba por mantenimiento. Desde niño, Nico pasaba ese día de la semana en las canchas jugando tenis. No paraba desde que regresaba de la escuela hasta que lo llamaban a cenar. Le pegaba a la pelota contra una pared, la red, o sólo mandándola al otro lado de la cancha. Al final de la tarde, cuando Tomás terminaba su jornada laboral, lleno de emoción llegaba a jugar con su hijo. Pasaban cuatro horas, hasta que cerca de las diez de la noche los dos quedaban rendidos. Nico nunca necesitó un maestro. Trae un don El Nene, Martina; créeme. La forma en que se le iluminaba el rostro a Tomás cuando jugaba tenis con Nico, o cuando charlaban del deporte que amaban, era única. Martina no quería entrometerse mucho en eso; sólo los escuchaba y les tenía lista la cena en la noche, cuando llegaban.

20.

Me molesta cuando escucho a la gente usar la palabra *normal.* Actúa normal. Compórtate normal. Una hamburguesa normal. ¡Común y corriente! Normal. Como todos. Toca como si nada, normal. ¿Cuál como si nada? No sé qué es tocar normal. Pide lo de todos. Igual que él. Música normal. Ropa normal. Un auto normal. No mamen, ¿qué chingados es normal? Vive la vida normal. Yo pensaba que había que hacer lo que sentía. Tocar lo que saliera de mi corazón. Todos son normales. Entonces todos la cagan igual. Cásate como todos, ten una vida normal; lleva años mi madre pidiéndome eso. ¿Quiénes son todos? ¿Un banquero es una gente normal? ¿La gente que camina en las calles de Nueva York es tan normal como la que camina en Monterrey o en Tokio? ¿Qué carajos es normal? Sé una persona normal. ¿Con leche de coco o leche normal? Digo, tampoco soy alguien que quiera brillar todo el tiempo y sobresalir, aunque reconozco que me gusta que escuchen mi música, que aún sueño, aunque con menos frecuencia, con que estoy en un gran escenario, en una noche fresca tocando la guitarra ante una multitud. Aún imagino esos días de gloria. No se me ha ido ese sueño. No sé si es de gente normal soñar algo por tanto tiempo, o soñar algo tan diferente y tan difícil de alcanzar. Mis amigos de Monterrey ya tienen sus trabajos, familias, rutinas y sus vidas que llenan con cocaína, infidelidades y alcohol. Logros laborales. Trabajar al máximo para lograr lo más que se pueda. ¿Eso es normal? ¿O yo soy el normal en no querer eso de mi vida? Para mi padre es obvio que aquello es lo normal. Quizá él es el típico empresario norteño, gente normal. Y yo no. Yo sigo creyendo en la magia que puede surgir cuando me cuelgo esta guitarra, y con mis manos genero música, aún creo que esto me puede llevar a vivir feliz. Así, simple, como mi chaqueta de mezclilla; vivir tocando, vivir con la música. Y sí, no le veo nada de malo que eso traiga algo de fama, diversión, mujeres, fiesta. Eso sería una gran recompensa para todos estos años de mierda.

No me importa mucho definir qué es normal; depende de cómo me sienta, incluso el día que sea. En viernes y sábado todo es más fácil y esperanzador. Me molesta escuchar cuando la gente usa esa palabra. No me importa si yo lo soy, mi padre o mis amigos; me caga esa etiqueta. Consíguete una mujer normal, me dice mi madre. Y pienso en Raquel. Si algo era Raquel, era ser única. Nada de ella era normal. Su brillo. Su intensidad. Tenía un ímpetu como si trajera fuego por dentro. Nunca se le terminaba la energía. Era como si tuviera poderes mágicos, siempre estaba bien, nunca se equivocaba, siempre daba el consejo adecuado, era como…mmm…, era como perfecta. Le sonreían sus ojos, esos ojos cafés oscuros llenos de luz. No sé si haya pasado un día en que no la recuerde de una forma u otra. Raquel no era una persona normal. Raquel era sensacional. Lástima que yo era muy normal para ella. Era compasiva. No he conocido a nadie tan empática. Y eso me molestaba. Sentía como si siempre me tuviera una mezcla rara de lástima y paciencia, como si ella siempre resolviera todo antes que yo. Nunca lo aceptó, pero yo así lo percibía. Ella era un torbellino de puras cosas buenas, una tormenta de éxtasis, de bondades que las esparcía como lluvia. Todo tan bello, tan perfecto, tan poderoso, tan anormal. No puede existir alguien tan extraordinaria; además, con ese cuerpo y esa cara…Y yo…Y yo…. Y yo no podía con tanto. Yo me equivoco. Yo no he encontrado mi música, mi pinche melodía, mi rola de mierda que me haga alcanzar mi sueño de ser un gran músico. A pesar de eso, aún me imagino tocando una noche en el Madison Square Garden, lleno a reventar. Me veo invitando a mis padres y a mis amigos, y a todos los pendejos que no creyeron en mí, a quienes se rieron y burlaron de mis sueños, de mi inseguridad; les reventaré en sus pies guitarras mientras todo el lugar se vuelve loco con mi música.

Raquel no fallaba. Lo que se proponía lo alcanzaba, fuera algo grande o chico. Cualquier reto lo lograba, y eso era abrumador. A veces parecía un pendejo a su lado. Para acabarla de chingar era unos centímetros más alta que yo. Es más, muchas veces sentí que, incluso ella, sin saber casi nada de música, ya tenía mi melodía, ya había creado la canción que llevo años buscando. Ajá, así de cabrona es. O era. O es. Era tan prudente, que a veces me parecía condescendiente, y eso me molestaba. Yo no necesitaba su lástima. Luego la abrazaba y todo encajaba perfecto. Tomarla de su cadera era como volar dentro de una tormenta de estrellas fugaces. Al besarla, el cielo se me venía encima. Nunca exigió nada. No pedía nada a cambio. Jamás hacía preguntas tontas. No le gustaba etiquetar las relaciones como a toda la sociedad le encanta hacerlo. Nunca daba una lección, a pesar de que yo estaba seguro de que tenía la solución para todo. Era tan perfecta que ella todo podía. Tan segura, tan impresionante. Jamás lo llamó sexo, le decía: crear el amor. A mí se me hacía un poco cursi, y a la vez como que no coincidía esa frase con su personalidad. La verdad, nunca iba a querer discutir eso. No me importaba cómo lo nombrara, tener sexo con ella ha sido lo más espectacular que he hecho en mi vida. Esos momentos son los highlights de mi existencia. No era normal. Nada de ella era normal. No paraba de sentir explosiones en todo mi cuerpo; mis músculos se estiraban, me daban calambres que me causaban mucho placer. No podía dejar de sonreír ni de tocarla. Estar en ella es lo mejor que me ha pasado. El corazón se me movía por todo el cuerpo, buscaba un escape, se me salía por los ojos para verla. Era sublime e irreal. Era imposible de creer tanta belleza, tanto placer. Cada gesto, su olor, cada centímetro de su boca, la posición perfecta de cada cabello, el color y tersura de su piel, cada hueso, cada sonido. El tiempo a su lado era contradictorio. Quizá la vida así es siempre. A veces, si lo veía de cierta forma, era como si el tiempo volara, por ejemplo, al desnudarla, y, sin ella, era como si la vida no fluyera. Así se me pasaron años, claro, para ella eso era la vida; lograba, hacía, iba, venía. Y yo seguía en lo mismo: en el pinche camino, tras el sueño. Era tan optimista que a veces resultaba abrumador. Me encantaba cuando se vestía de blanco. No necesitaba nada más: jeans blancos, blusa pegada, maquillaje tenue. Era imposible verla y no creer en Dios. Era increíble. Era Raquel, mi Raquel.

Se nos pasaron los años, lentos, rápidos. Se fueron. Ella exprimía cada segundo. Tan intensa. Tan bella. Yo parecía estar estático, en un mundo que no cambiaba nada. Raquel era todo lo contrario. Incluso fue a las Olimpiadas; logró la primera medalla de oro para México en los cien metros de nado de mariposa. Mención honorífica en el Tec de Monterrey; obtuvo el promedio más alto en la historia de la carrera de arquitectura. Te digo, tenía la fuerza de un meteorito, no paraba nunca. Fue a África a unas misiones para repartir medicamentos. Pintó un cuadro gigante que se subastó en una cantidad récord en Monterrey, al siguiente día ya había donado todo el dinero a un orfanato. Creó una empresa de consultoría, la vendió al año siguiente ganando más de cien veces lo que había invertido. Ganó una bienal de diseño de una casa en la montaña. Tres despachos de Nueva York le ofrecieron trabajo. Y yo… yo seguía en lo mismo: tocando aquí, allá, donde hubiera oportunidad. No terminé la universidad para estar dedicado a mi música, creyendo en que la haría en grande, enfocado en mi sueño, mi rock, mi jazz. Y en ella. Mi Raquel y yo.

Hasta a mi padre le agradaba, ya con eso digo todo. Imagina que alguien que ha pasado toda su vida jodiéndome, corrigiéndome, regañándome, con Raquel no me dijo nada malo; es más, estoy seguro de que hasta le atraía. Así era ella: tenía una personalidad abrumadora. Era inteligente. Mi padre nos invitaba todos los viernes a tomar algo en la casa. Aquí empiecen su fin de semana, hagamos una tradición familiar. Tradición familiar, madres. Sólo quería ver a Raquel, todos querían estar con ella. Tenía un cuerpo torneado, una charla interesante y poseía un brillo muy especial. Imposible encontrar esa combinación en una mujer. Mi madre, no se diga; era la más feliz. Hasta que te encontraste un buen partido, alguien normal, no como las novias roqueras que tenías antes, llenas de tatuajes, collares, anillos y maquillajes oscuros. Mira a Raquel, que niña tan linda. No sé ni cómo le hiciste, Leo, qué fortuna tan grande la tuya, me decía. Y no era la única que hacía ese tipo de comentarios. Qué afortunado, Leo. Te mamaste, Leo. ¿Cómo chingados le hiciste, Leo? Cumpliste el dicho que dice que roquero mata todo. Para todos yo era el afortunado, y obvio que lo era, pero esa etiqueta me empezó a molestar un poco. ¿Y Raquel acaso no era también suertuda al tenerme? Una vez, un amigo me dijo que con mujeres así uno tenía que hacer tres cosas: mandar el ego a la chingada, no hacerse preguntas pendejas y aguantar las miradas continuas de todos sobre ella. Una mujer así todo el tiempo iba a llamar la atención a donde fuera. Y sí, así era mi vida con Raquel. Eran muchísimos placeres, fortunas, aunque también bastantes problemas. Era llegar a su casa y ver las flores que alguien le había mandado y que ella, a su vez, se las regalaba a su mamá; yo le pedía que las tirara, y ella respondía que las flores no tenían la culpa. Quería reclamarle el por qué chingados alguien le mandaba flores, o cómo sabían su dirección, o preguntarle si no decía que éramos pareja. Pero me aguantaba, me contenía porque sabía que si empezaba a hacer esas preguntas iba a abrir una puerta que me llevaría a un laberinto de inseguridades y ansias. Entonces me aguantaba. Casi siempre me aguantaba. Era imposible no pensar qué parte de su éxito profesional se debía a su grandiosa belleza. Yo conozco a los hombres, yo soy hombre, sin embargo, ese tema sí logré mantenerlo callado siempre. Sabía que la defraudaría si hacía ese tipo de comentario. Entonces me callaba. No podía mostrarme tan inseguro, tan inferior, y mi mejor arma ante todas esas pinches dudas era el silencio. Sí me cuestioné muchas veces lo mismo que mi madre y muchas otras personas se preguntaban: ¿qué chingados vio en mí? ¿Por qué yo entre cientos de pretendientes? Pero me callaba. Tendría que ser muy pendejo para hablar de ese tema con ella.

Nadie ha pronunciado mi nombre como Raquel, decía la ele de una manera tan suave que parecía un susurro; y la erre con dulzura, sonaba muy erótico. Así era ella, lo simple lo hacía de una forma grandiosa.

Era estar en un restaurante y contar a los cabrones que no dejaban de verla. Ella sólo me veía a mí, y yo trataba de hacer lo mismo. A donde fuéramos me sentía rodeado de lobos acechándome. En una ocasión terminé a golpes con un pendejo que de plano se pasó. Primero le mandó un trago, luego llegó a la mesa preguntándole si quería bailar con ella, y a pesar de que nunca he sido bueno para los golpes, en esos instantes me llené de rabia y le tiré un puñetazo con tanto odio que el imbécil terminó en el piso con el hocico sangrando. Obvio, eso me causó más problemas con Raquel que con el pendejo. Ella se retiró del lugar, me habló más tarde para expresarme con detalle su molestia y decirme lo defraudada que se sentía de mi actitud infantil. Me pidió que no la buscara en unos días, que iba a dejar pasar un tiempo considerable para permitirme pensar acerca de mi actitud tan inmadura, y, además, a ella le serviría también para poner en perspectiva todo. Hasta cuando estaba enojada tenía clase. Aun estando llena de furia canalizaba todas sus emociones de una forma tan espectacular que yo acababa siempre pareciendo un pendejo, o, en el mejor de los casos, un niño chiflado.

Luego pasaba unos días sin ella y era imposible vivir. No podía tocar música. Era imposible dejar de pensarla. Extrañaba su olor. La deseaba todo el tiempo. Recordaba su piel, su cuerpo, sus gemidos. Se me aparecía entre las notas que intentaba tocar. En el pentagrama claramente veía su silueta, y entonces estaba de nuevo dispuesto a todo con tal de estar juntos. Regresaba con ella y bastaba que nos viéramos para que todo se acomodara. No hacía desplantes infantiles ni reclamos, sólo expresaba lo que le molestaba y lo que ya no quería que sucediera. Yo sólo pensaba en su cadera, la tocaba y me perdía de nuevo en mi Raquel.

21.

Leo camina en las calles de Nueva York; sigue buscando las que estén más concurridas. Quiere descubrir si ahí se le perdió la emoción que sentía hace unos años cuando apenas llegó. Confirma que ya no siente nada. No importa si va en un callejón oscuro y peligroso o si camina en pleno Times Square, inundado de turistas. Inmune a cualquier sentimiento. Como si fuera una roca. Recuerda a la hermosa Raquel en esa última vez que se vieron en Monterrey, hace ya cuatro años; aquella noche en que, sin muchos preparativos, le dio el anillo de compromiso. Sólo a su nana Rosita le había contado que un día antes había comprado la sortija, según él, porque había soñado que era el momento perfecto. Y fue a una de esas plazas comerciales que odiaba, preguntó por la joyería más cara, entró a Tiffany, analizó quince diferentes anillos hasta que eligió uno. Aquel día estaba sorprendido por la energía que sentía en el centro de su pecho, como si lo tuviera embarrado de Vick Vaporub. Le agradaba dejarse llevar por esas sensaciones, ¿sería eso que llaman amor? Estaba ansioso por ver la sonrisa de Raquel, colocarle el anillo y morderle sus labios. Ya lo que siguiera sería lo de menos.

Así que aquella noche de hace cuatro años, sin preámbulo, justo a unos pasos de la puerta de la entrada del Restaurante Pangea, entre movimientos torpes, temblores y ausencia de voz, sacó y abrió la caja del anillo y se hincó. La recepcionista, sin entender qué pasaba, les pedía que despejaran el área. Leo batallaba para calmarse y poder decir la frase que correspondía. Personas pasaban a sus lados, otros formaron un círculo y empezaron a filmar con sus celulares. Raquel no lo podía creer, tenía la boca abierta, fácilmente le hubieran entrado varias abejas. Su rostro iluminado, estaba inmaculada. Finalmente, logró colocarle el anillo, y con mayores problemas aun, le dijo: ¿Te quieres casar conmigo? Raquel seguía inmóvil; en realidad Leo la había sorprendido. No habían charlado de matrimonio. Sí tenían planes a futuro, sobre todo relacionados con viajes alrededor del mundo. Aunque en esas pláticas no se mencionaba el matrimonio ni el anillo de compromiso. El público empezó a gritar porras, otros murmuraban. Pasaron unos segundos que parecieron eternos, Leo seguía hincado, el anillo ya estaba puesto en el anular de la hermosa mano de Raquel, y ella no se movía, no decía nada. La rodilla de Leo le estaba temblando tanto que temió que se le quebrara en pequeños pedazos. Batalló para levantarse, sintió un enorme calambre en su chamorro derecho. De reojo vio todo el circo que se había armado alrededor de ellos. Qué pendejo, se lo hubiera dado en la soledad de la palapa de casa de sus padres. ¿Por qué tanto alboroto? Por fin, Raquel dio señales de vida, y despacio se llevó su mano derecha a la boca. Leo se sintió poderoso; se le llenó el cuerpo de orgullo y pudo volver a respirar. Mientras Leo estiraba sus piernas y limpiaba el pantalón, escuchó a una mujer del público decir: No manches que esa mujer tan hermosa le va a decir que sí a ese fachoso. Leo aún no encontraba quién había dicho eso cuando oyó unas carcajadas y luego algún hombre dijo: No mames, típico, un puñetas para una vieja bien buena. Luego alguien más mencionó que la muchacha sería una pendeja si agarra ese partido. Otra voz se escuchó decir que de seguro él tenía mucho dinero para poderse controlar a una mujer tan superior a él. Y así; murmullos, susurros, carcajadas, dedos señalándolos, burlas. El volumen del ruido subía, Leo sintió que empezaron a girar todos; los mirones, Raquel, él, la Sierra Madre que desde lejos los veía. Se le vinieron recuerdos de las burlas que recibió en secundaria, de los gritos y golpes de su padre, recordó a quienes se sorprendían al enterarse que Raquel era su pareja, ¿qué le vería alguien como ella a ese güey? Tantas palabras, risas y burlas parecían un torbellino. Raquel seguía estática, congelada. De pronto, las caras de los mirones se convirtieron en la cara del papá de Leo, luego en todos veía a su padre borracho, carcajeándose y señalándolo, ja, ja, ja, pobre pendejo, pinche inútil, pinche soñador tan imbécil, es un puñetas. Ja, ja, ja. Leo vio a Raquel; ella podía controlar el momento, ponerle el orden que se necesitaba, ¡Raquel! ¡Raquel!, gritó Leo entre tanto ruido. La recepcionista preguntó si la pareja tenía reservación, el encargado del valet parking murmuró que sería bueno que se hicieran a un lado, porque se le estaba juntado mucho trabajo. ¡Raquel! Ella seguía inmóvil, no hablaba, mantenía su mano derecha en la boca, su brazo izquierdo estirado hacia Leo; estática, como estatua de cera, y el enorme anillo de Tiffany brillaba como un oasis. ¡Raquel! ¿Estás bien? Empezó a sentir que había sido una mala idea esta sorpresa, recordó que a ella le gustan los planes y tener todo controlado. Leo batallaba para respirar, se le perdía el aire, sentía que el tumulto se acercaba más a ellos, seguía viendo los rostros de su padre en todos los que se burlaban. Raquel se soltó de su mano al doblar su brazo izquierdo, dejó de sonreír. Despacio, bajó la mirada hacia el piso en donde vio pasar una cucaracha. Al ya no tenerla de la mano, Leo sintió irse de espaldas a un enorme precipicio; como si cayera de una avioneta, de espaldas, a la deriva y sin paracaídas. Peor aún, sintió que esa caída era para ir a dar justo en medio de un huracán. Sintió que su cuerpo quedaba a merced de ella. Intentaba pensar en qué se había equivocado, trataba de adivinarle el pensamiento a Raquel, lo cual en muy pocas ocasiones había logrado. Es que son tan diferentes, siempre les decían, a lo que ellos felices contestaban: es mejor así, nos complementamos a la perfección. Y en medio de todo el caos que vivía, sentía y alucinaba, de pronto vio cómo Raquel empezaba a mover sus hermosos labios para emitir el sonido de dos letras: la ese y la i. ¡Sí! ¡Sí! ¡Sí, Leo! La desilusión se pintó en los rostros de los mirones; al parecer querían sangre, como circo romano. Hubo algo de coraje colectivo, mucha envidia de ver que alguien como él se llevara a alguien como ella. No mames, mírala: es una diosa y él un puñetas. Le hubiera dicho que no. Yo en este momento se la bajo. La cara de su padre iba desapareciendo poco a poco de los rostros de quienes los rodeaban. Se acercó a Raquel y pensó que sería el mejor abrazo de su historia. Embarró sus labios en su boca; al besarla se conectarían y el momento incómodo terminaría, y cada quien se iría a intentar vivir sus vidas. Pero no sintió lo que esperaba. A pesar de que Raquel sonreía, Leo imaginaba otra reacción. Y, en eso, las malditas dudas lo asaltaron, recordó cuando era puberto y lo llevaron con una psicóloga, quien concluyó que, debido a la presión que el padre le ponía al niño, se corría el riesgo de que Leo acabara siendo muy inseguro. Vio letras flotando sobre las cabezas del grupo que se había formado; las letras se unían y formaban palabras como: fracasado, perdedor, pendejo. Y siendo tan extremista y dramático, en unos segundos Leo imaginó cómo sería todo el resto de su vida. Con el pensamiento recorrió cientos de eventos que habían vivido juntos, y de muchos otros posibles que estaban por vivir; como si regresara y adelantara a máxima velocidad la cinta de su vida con ella. Y sin decirle nada a Raquel, quien tenía la mejor sonrisa de su vida, Leo cometió la pendejada de lentamente poner sus dedos en el anillo, tomarlo y muy despacio tratar de retirárselo. ¡¿Qué haces, Leo?! Raquel cerró la mano. Leo intentó abrírsela aplicando algo de fuerza ¡Leonardo, te estoy hablando! ¡Leonardo! Él tenía la quijada dura, tallaba los dientes, y sólo miraba el puño de ella. Todos reían, se burlaban. Desconcertada, Raquel abrió la mano y, sin poderlo creer, vio cuando Leo le quitó el anillo, lo guardó en su bolsillo, giró y, como pudo, se abrió camino entre toda la gente que disfrutaba ver la humillación que se había autoinfligido. ¿Por qué me lo quitas, Leo? ¡Ven para acá! Leo dejó ahí a Raquel, se fue, corrió por la calle Vasconcelos. Un auto por poco lo atropella. Corrió, lloró, volteaba al cielo. Gritó. ¡Gritó! Estaba desconcertado. El cuello se le inflamó. ¡Chinga tu madre! ¡Chinga tu madre! Corrió. ¡Chingue a su madre todo! ¡Todos! Unos perros le ladraron. Tropezó y cayó sobre un charco con lodo. Se levantó y tomó vuelo para lanzar lejos el anillo; ni siquiera eso pudo hacer: apenas voló unos metros, rebotó en la calle tres veces y se perdió en una alcantarilla.

Al día siguiente Leo huyó a Nueva York. Dijo que no volvería a vivir en esa maldita ciudad. Pinche Monterrey de mierda. Así es como Leo fue a dar a La Gran Manzana, con la excusa de que era lo mejor para su sueño de ser todo un pinche rockstar. Sólo usaba esa palabra cuando estaba su papá, sabía que eso le molestaba más. Así huyó de un día para otro. Ni siquiera le pudo contar a Rosita. Unos días después recibió varios mensajes de Raquel reclamándole su desplante y proponiendo que se vieran de nuevo para charlar. Pero Leo nunca le contestó, además la bloqueó de sus redes sociales.

Habían pasado unos meses cuando recibió un correo en donde se notaba la molestia de Raquel: *Ya que lo pienso bien, lo que sucedió aquella noche es algo típico de ti. Nunca has sabido qué es lo que realmente quieres. Nunca aprendiste a sentir: ese es tu mayor problema.*

Eso fue lo último que supo Leo de Raquel, hace ya cuatro años de eso. Así es como acabó su historia, y hoy Leo en Nueva York piensa en ella. Recuerda aquel correo en donde lo describía como alguien que no sabía sentir. Piensa en que esa frase, en especial, le había causado mucho enojo, porque era una de las favoritas de su padre. ¿Cómo aprendo a sentir? Se siente o no se siente, y ya, le contestó una vez a su padre, quien, entre whiskys, aventó enormes carcajadas. Y aquí está Leo años después: perdido, vacío, insensible y triste. Busca algo que le cambie la vida, un estímulo que lo prenda, algo que lo haga sentir. No lo logra; toca cada vez con menos ímpetu, ha llevado su cuerpo a diversas experiencias extremas y aun así no siente que reaccione. Algo que lo encarrile, que lo llene de energía, de fuerza y lo saque de este maldito letargo en que se ha convertido su vida. Camina y camina, y parece que Nueva York es la ciudad perfecta para eso. Le surgen infinidad de cuadras, fachadas, escenarios; como si fuera una película. Entra al azar en una tienda que está muy iluminada con luces amarillas y rojas, es una tienda de discos, desde CDs hasta los LPs. Empieza a manotear discos sin buscar nada en especial, así es como ha transcurrido su vida últimamente, cuando, de repente, escucha una canción que le causa un calambre en el cuello: *99 Red Balloons*. De inmediato se le amontonan los recuerdos de esos días de gloria, de esos que se le fueron sin darse cuenta, y piensa: pinche Nueva York, pinche música, pinche guitarra, putos conflictos, puta sociedad. Recuerda Monterrey y cómo disfrutaba ver las siluetas de las sierras y el olor a tierra mojada. Se acuerda de aquella noche en el Restaurante Pangea. Evoca su infancia y, sobre todo, el momento exacto en donde pudo entender que su madre prefería a su hermana Lorena; y su padre, a la soledad, en lugar de estar con él. Los escuchó a los tres en una conversación; le habían confirmado su sentir hacia Leo, el chico de la familia. Aquella noche, Leo corrió con Rosita, la abrazó en la cocina y lloró por horas, hasta que entró su padre y dijo: Suelte a mi hijo, ¡pero ya!

Pasaron los años de la infancia y Leo pudo acomodarse en la extraña libertad que tenía al ser indiferente a sus familiares. ¿Y ahora quieren que esté ahí para ellos? ¿Y ahora quieren que nos amemos? Pinches jefes, pinche rock and roll. Pinches sueños. Pinche Raquel. Pinche amor. Pinche puñetas. Ajá, siente que esas son las palabras que le urgía decir. Soy un pinche pendejo, agrega, y le suena mejor. Choca su hombro derecho con el de un peatón que venía de frente, algo grita en tono bromista la otra persona, Leo voltea y en español le dice, perdona soy un pendejo. ¿Pendejou? Quien le contesta es el vocalista de Radiohead.

No mames, Leo. Reacciona esta vez, por favor. Trata de poner palabras en su letargo, ¿cómo se llamaba? ¿Cómo se llamaba? ¿Cómo se llamaba? No mames, Leo, quisiera poderte ayudar desde aquí y decirte que es Thom Yorke, y la banda, el tal Ed, Phil, Jonny y Colin. ¿Pendejouu? Repite divertido Thom. Leo, que está distraído en la intensa búsqueda mental que hace para intentar reconocerlos, contesta en español y un tanto aturdido: Pendejo yo. Todos rieron, como si hubieran entendido las palabras en español. Así es esta ciudad, con sorpresas mágicas, eso le encantaba a Leo cuando recién llegó, ahora ya no lo valora y casi ni se da cuenta cuando suceden. Ojalá Leo les pudiera decir que los reconoce, para ganar unos segundos más de conversación, aunque todo es rápido, todo se mueve, mucho puede pasar en un minuto en Nueva York. Finalmente, y desde lo más profundo de su ser grita: ¡Thom! ¡Thom! Es tan llena de emoción y tan auténtica la euforia que siente Leo al poder recordar su nombre, que los ingleses festejan con alegría. Y Leo se acuerda cuando hace tiempo se encontró a Tracy Chapman; bueno, a quien creía que era Tracy. Y, ahora, aquí tiene a Radiohead por unos segundos más, al menos lo que dure la luz en rojo. ¿What does pendejo mean? Oh, mmm. It means a lot of things, Spanish is tricky, one word can have thousands of meanings. Y los ingleses ríen. Se han juntado más peatones esperando la luz que indique que pueden cruzar la calle; se le acaba el tiempo a Leo. ¡Wait, Radiohead! Wait, please tell me ¿How do you do it? ¡Please! Los ingleses notan la urgencia y la ansiedad en la pregunta de Leo, ¿How can I connect myself with my music? ¿How does it feel? Será que entre músicos hay más empatía o será la suerte de Leo, el caso es que le contestan: Just hang in there. Le dan unas palmadas a Leo y cruzan la calle dentro del tumulto que se había formado. ¿Será verdad? Se queda estático analizando la respuesta. Esos momentos, como el del anillo que tuvo con Raquel, sólo suceden una vez. Sólo se tiene una oportunidad.

Leo camina toda la noche, llega a su departamento con la luz del día.

22.

El tiempo nunca falla, y para la familia de Nico los años pasaron en un parpadeo. Después de tantas tormentas parecía que tenían la vida controlada. Habían aprovechado unos permisos temporales para obtener papeles y convertirse en residentes estadounidenses. A pesar de eso, no quisieron dejar el cuarto en el que vivían en la parte de atrás del club. Marti, la nena menor, estaba por terminar la universidad. Nico seguía sin encontrar estabilidad en los trabajos; su madre le decía que era muy ansioso. Era raro cuando duraba más de cuatro meses en un mismo empleo. Ya tenía más de veinte años, y lo único constante que hacía era el tenis.

Desde hace unos años, con el apoyo de los de vigilancia, quienes también eran hispanos, una vez que el club había cerrado, le encendían las luces de una cancha. En la soledad de la noche Nico entrenaba a diario: una hora junto a su padre, y después seguía solo, con una máquina, contra una pared, corría, hacía ejercicios de fuerza, de reacción. Todos los entrenamientos que su papá, durante años, había visto que los entrenadores famosos usaban con los socios del Campestre en Santiago de Chile y del club ahí en Merced. Tomás seguía creyendo que su nene tenía un don. Parecía que era el único que creía eso, hasta que un sábado al mediodía, en el comedor de los empleados del club, se juntaron sus compañeros para decirle que la historia de su hijo, Nico, no podía parar ahí. Fueron doce los amigos que recolectaron algunos cientos de dólares, que, entre sonrisas, le entregaban en un sobre a un emocionado don Tomás. También iba una nota que decía: *Inscripción y gastos de viaje a torneos de tenis.*

Nico, El Nene, se inscribió en tres torneos de la zona, los ganó con facilidad. El periódico local le hizo una pequeña entrevista. Era el orgullo del club de Merced, California, bueno, al menos, de los empleados hispanos, aquellos que le encendían una cancha todas las noches, justo en la que se quedaba la máquina lanzabolas.

Ya entusiasmado, el mismo Nico pagó la inscripción y el viaje de su siguiente torneo; otro por la zona. Lo acompañó su padre. Iban en una vieja pick up Ford roja. Hablaban poco mientras veían los ordenados sembradíos y los interminables valles. De vez en cuando cruzaban las miradas y asentían, y luego don Tomás decía: son los mismos valles de hace unos años, Nene. El tiempo es cabrón.

Regresaron el domingo por la noche del cuarto torneo, el cual también ganó sin problemas. No había perdido ningún set en las cuatro competencias, y en este último, no perdió ningún juego. Ni Nico ni don Tomás ponían mucha atención a esos detalles típicos de los americanos que aman las estadísticas; con que siga ganando El Nene, todo estará bien.

Hubo más cobertura de medios; un joven puso en Twitter una foto de Nico con el trofeo, y una nota #ChileanwinsinCalifornia, también algunas menciones en Facebook. Rápido creció el rumor de un chico de Merced que estaba ganando torneos de tenis. Y no sólo eso, sino que estaba jugando con una vieja raqueta de madera. Extranjero, con una característica especial, y venciendo todo pronóstico, era la historia perfecta para el frenesí de los medios, el *underdog* que todos aman. ¿Quién es ese chico? ¿Dónde vive? ¿Quién es su entrenador? ¿En qué liga ha jugado? ¿En qué club entrena? Ni a don Tomás ni a Nico les interesaba ese bullicio. Sin tener que huir mucho, ellos continuaron con sus vidas y rutinas normales. Nico seguía con su trabajo. A pesar de que había ganado una buena cantidad de dólares en el último torneo, no pensaba en dejar su puesto de carpintero en una empresa de construcción, ¿para qué, si puedo entrenar en la noche?

Los siguientes meses se mantuvieron las buenas noticias: a donde fuera Nico, ganaba. Seguía invicto, y sin perder ningún set, aún jugaba con su vieja raqueta de madera, la cual le habían regalado los empleados del club. *The Wood Racket Boy*, le empezaron a nombrar algunos medios. Otros que publicaban en español lo nombraban El Nene. Ya era una costumbre regresar los domingos por la noche con el viento dando de frente en la cara llena de sonrisa, con el espíritu alto por otro triunfo. ¿Quién diría, mujer? ¿Quién diría? Y doña Martina le contestaba a su marido: ¿Quién diría, viejo? ¿Quién diría? Yo no soñé tanto, mujer. Yo sólo soñaba poderles dar alimento y un rincón digno para vivir en paz. Esto no, esto es mucho. Es que veo los valles y los sembradíos cuando voy con El Nene a sus torneos, y pienso que son los mismos en los que hace unos años laburé, mujer. Los que atravesamos en medio de la noche, los mismos que casi nos matan, y ahora se miran diferente. Ahora decoran nuestro andar, como si fueran arreglos especiales para nuestras historias. Y a veces, cuando pasamos horas sin hablar, mientras manejo me empiezo a sentir de aquí, un poco, al menos. Digamos que me siento un poco más de aquí. Me quedo viendo la línea que divide los carriles de la carretera, los tramos de pintura blanca, y veo cómo pasan a mi lado o se meten bajo la camioneta cuando me pongo en medio del camino, y siento como si me adormecieran, como si fueran guiños que alguien me manda, como si fueran sonrisas o señales de Dios, del destino, o de lo que sea, me hacen sentir que todo lo que hicimos, Martina, para estar hoy aquí, fue lo correcto, ¿cachái? Cada una de las decisiones que hemos tomado desde hace décadas, incluso antes de aquella madrugada que salimos de Santiago de Chile, mucho antes de ésa, todas esas decisiones nos han llevado a hoy, a esto, y no puedo dejar de sonreír, mujer. Sonrío cuando llegamos a un club en donde Nico va a jugar un torneo, y ya no tenemos que entrar por la puerta de atrás, como aquella mañana que llegamos aquí. Ahora incluso, hay personas esperándonos, medios, organizadores, entrenadores, y hasta público que quiere ver a Nico, gritarle una porra, tomarse una foto, o hasta trabajar con él. No puedo evitar que me corran unas lágrimas cuando avanza y se va alejando el grupo de personas que se reúne alrededor de Nico, y siempre, de alguna forma, El Nene encuentra el momento para mandarme un saludo y una sonrisa. Me creo la muerte. La estoy pasando chancho. ¿Cómo creer esto, Martina? ¿Cómo saber que no lo estamos soñando, mujer?

En el último torneo, al final, se acercaron dos personas que vestían saco de color café y lentes de sol, traían unos portafolios elegantes. Quieren ser los patrocinadores de Nico, eran marcas regionales, ¿quién iba a creernos esto? ¿Quién iba a tener el valor o el descaro de soñar una historia como ésta? Yo no puedo, yo no pude. Yo no fui, mujer. Por muchas noches soñaba con comida y con poderlos alimentar. Yo tampoco, viejo. Por mucho tiempo temía despierta y dormida por nuestras vidas, mi peor pesadilla era que nunca volvieras del campo, que el camión regresara sin ti, o que la Migra nos separara y que perdiéramos a los niños. Sigo teniendo esa pesadilla a pesar de los papeles y de todo. Siempre tuve esos miedos; era imposible soñar con algo como lo que has logrado tú, Tomás. Y ahora toda esta historia de Nico. Imposible, viejo, imposible. Pero, bah, así siempre ha sido nuestra vida, ¿no? Siempre aperrados, nunca arrugados. Sí, mujer, pero esto es más que imposible. Tengo un laburo, papeles, podemos ver a un policía sin miedo, mira los estudios de los hijos, la plata que hemos juntado, eso ya era una vida de ensueño, y ¡¿ahora esto?! Ahora El Nene es el campeón de tenis amateur del estado de California. Tú lo dijiste hace muchos años, Tomás, decías que tenía un don. Sí, sí lo dije, aunque nunca imaginé esto. Es más, no sabía que existía algo así, que había estos caminos y sueños, al menos no para personas como nosotros. ¿Entrevistas en la televisión? Escriben millones de páginas sobre él, Martina. ¡Esto es increíble! Entrenadores, Martina, quieren firmar con él sin cobrarle. ¿Puedes creer eso? Hace unos años, es más, hace unos meses entrenábamos a escondidas en las noches en el club. Y mira ahora la última novedad: Sports Illustrated sacó un reportaje con unas fotografías de nuestro hijo. Se sorprenden de su técnica. Se preguntan quién lo ha entrenado así. Se cuestionan cuántos años lleva preparándose para esto. No entienden por qué sigue jugando con su raqueta de madera. Le preguntan a Nico si se siente americano o chileno. Que por qué no tiene acento al hablar inglés. Veo todo este torbellino que va creciendo cada día más, de forma tan rápida y monumental, que no lo creo, Martina. Cada día hay una novedad que supera por mucho a la anterior. ¿Cuándo ibas a imaginar que el club le diera permiso de entrenar durante el día en la cancha que quisiera? ¿Cuándo? A pesar de los reclamos y las miradas de algunos socios, ahí está Nico, entrenando en el club, como un socio más. ¿Qué digo? ¡Mejor que un socio! Le dan preferencia de horarios, canchas, máquinas, hasta entrenadores le quieren asignar, y El Nene contesta que el entrenador es su padre. No puedo con tanto, Martina. Me da temor estas brisas tan frescas y llenas de buenas noticias. Me asombro de cada golpe que da Nico, porque lo veo tan bello y preciso. Me asusta que, donde ve, ahí pone la pelota. Me asombra ver sus piernas muy fuertes y rápidas, sus brazos sólidos, me mortifica verle tan sonriente y perfecto en esa cancha. Me da miedo todo lo que ha causado, tanto trofeo, todo esto. No hay que temer, Tomás. No te arrugues. Yo creo que hicimos muchas cosas buenas antes; además, a lo mejor, esto es sólo el principio. #NeneWinsCalifornia

Obtener todo lo que quieres no tiene nada que ver con nada.

Thom Yorke

23.

Me siento mal. Me duele el pecho. No me gustan estos días grises en donde es difícil saber si es la contaminación o lo nublado lo que causa este horrible ambiente. Siento que el cielo me quiere succionar poco a poco. Imposible levantarme más temprano, además, no tengo ningún motivo para hacerlo. Varias veces en mi vida he sentido que estoy atrapado en un juego, y que de pronto todas las personas a mi alrededor se quitan una máscara y empiezan a aplaudirme, regañarme o felicitarme. Pienso que lo que me sucede es porque alguien me lo provoca, y gozan al verme sufrir mientras intento sobrellevar esos retos. Me siento aturdido. Me arde el tiempo. Me quema al pasar tan de prisa a mi lado, como si me dejara una estela de luz cegadora. Me siento perdido en este mundo de reglas, de estructuras, procedimientos, calendarios, estaciones y horarios. Ya todo tiene que ser agendado. Me afecta este orden. Me impide encontrarme, me aleja de mi naturaleza. Me ha distanciado de los gozos de lo espontáneo. Me aísla de todo, de mi música y mi pinche creatividad que algún día tuve.

No entiendo por qué dicen que los tiempos y planes tienen que ser iguales para todos. A los veintiuno, ya debemos terminar la universidad. A los treinta y uno, ya estar casado. A los cuarenta y uno, al menos tener dos niños. A los cincuenta y uno, listo con los ahorros para la universidad de tus hijos. Y así, en un párrafo van los planes de toda una vida. Y los que no encuadramos pues estamos mal para el resto. En ese grupo se encuentran mis padres. Y yo estoy en los que han llevado la contra. No sólo por llevarla, ni por armar una mini revolución, no. La verdad no he querido hacer nada ni pertenecer a nada. Sólo que no he creído en los planes que tenían mis padres para mí, desde muy chico. Tampoco he querido lo que mis amigos planeaban para sus vidas. Los respeté, nunca les cuestioné nada, por más típicos o aburridos que fueran, al fin y al cabo, cada quien su vida. Aunque al parecer la mía sí les ha interesado a muchos. Sobre mí sí pueden opinar todos, lo que quieran, conmigo se han ensañado. Pobre pendejo que cree que la va a hacer de guitarrista. Es un perdedor si se regresa a trabajar con el histérico de su padre. Qué mantenido que se fue a Nueva York a costa de sus padres. Es un niño mimado. Se descarrió cuando hizo una banda en la preparatoria. Es un iluso y un holgazán. Ha de ser mariguano. No entiendo cómo se ligó a esa mujer. Nada les gusta, lo que haga lo critican, ¿por qué tanta atención a mí? Raquel me decía que se debía a que yo era de los pocos que se atreven a soñar diferente, y que eso le molestaba al mundo cartesiano. De ella escuché esa palabra por primera vez; la erre la pronunciaba tan suave que casi no movía la boca. Me excitaba mucho sus labios.

Un día, Raquel me dijo: Imagina una reunión en la que todos los que están ahí tienen el mismo tipo de vida: gimnasio, trabajo, comida con la familia, cerveza con amigos, regresar a dormir. Viajes y comportamientos idénticos. Los mismos logros y fracasos. No pueden criticarse entre ellos pues sería hacerlo a sí mismos y a todos a la vez. Tampoco pueden quedarse callados, ya que enjuiciar es la actividad favorita; hablar de alguien como entretenimiento. Y ahí es donde el blanco más fácil es el diferente, el atrevido, el soñador, el extraño del cabello largo. Y, pues, normalmente en esa categoría caigo yo. Y también caía ella. En eso sí éramos muy similares, en eso sí nos entendíamos, y lo hacíamos tan bien que nunca tuvimos que hablar al respecto. Era algo que conectaba en automático. No nos teníamos que explicar el motivo de nuestros sueños tan diferentes o tan grandes y alucinados. No, eso ya era parte de nosotros, o de cada uno, y se respetaba. Si yo le decía a Raquel que una noche iba a tocar en el Madison Square Garden a reventar, ella me contestaba que ya sabía que eso iba a suceder, y enmarcaba ese momento con una sonrisa épica o con un beso memorable o con una caricia legendaria.

Al principio, esa era una de las cosas que me encantaba de estar acá en Nueva York: la clandestinidad, la indiferencia, lo casual de las cosas. Aquí sí, en realidad, cada quien anda en su mundo. Es raro cuando haces contacto visual con alguien. Y es extraño, porque a pesar de que todo fluye rápido y todos traen prisa, acá siento que los días duran más. Mi padre dice que es porque estoy de huevón todo el día, lo cual no es cierto. Para él, tocar no es un trabajo.

Me queda sólo una semana para el plazo de mi padre, y parece que perdí contra él y contra todos. Siento que ya valí madres. Se me derrumba todo, como si los edificios que veo fueran cayendo en cámara lenta a mi lado, al caminar por estas calles siempre llenas de peatones, y escuchara de entre los escombros unas carcajadas burlonas, pedazos de concreto que se mofan de mí, varillas que me apuntan y se ríen de mis fracasos. Observo cuerdas de guitarras enredarse en los edificios. Veo en las esquinas hombres con lentes oscuros, gabardinas y sombreros negros, que no hacen otra cosa más que mirarme, y siento que son empleados de mi padre, que ya vienen por mí, que ya empezaron a joder. Gigantescas guitarras vomitando líquidos negros. Personas caminan con el cerebro descubierto. En las banquetas parejas tienen sexo. Vacas que traen los ojos rojos mugen con terror, se dan de topes contra la pared de ladrillo, repiten el acto hasta caer desnucadas con la cabeza llena de sangre. Perros ciegos. El sol sale y desaparece unos segundos después. Descienden relámpagos. Camino. Se me cae todo. Se me desmorona mi Nueva York. Se me derrumba mi música. Mi sueño. Individuos con batas celestes y pantuflas blancas deambulan, caminan de forma errática, sus brazos estirados hacia el frente caen al piso, se les desprende la piel. Venden cartuchos de plutonio en las máquinas expendedoras. Se me viene el pasado. Se me viene Monterrey. Sale del suelo un vagón del metro, rompe el pavimento y avanza con furia, va lleno de jóvenes que gritan excitados. Hombres corren desnudos. Otros bajan de sus autos para pelear. ¡Mi música! ¡Por una mierda! Un camión de bomberos choca contra un hidrante. Se vacía el Hudson. Miles de drones miniatura inundan el cielo, disparan mocos y flemas. Roban los bancos. Queman billetes en las calles. Sacerdotes, monjes, rabinos y pastores oran hacia el cielo. Lloran. Gritan. Sonríen. ¡Mi música! ¡Por una chingada! Templos rasgándose, se les quiebra la fachada principal. Caen vitrales y campanas, hacen melodías en su descenso vertiginoso.

Me imagino el regreso a Monterrey, la primera reunión de

mis amigos, aguantar la misma mierda de siempre, ahora con más odio, con más te lo dije, pinche Leo. Más preguntas, chingos de preguntas sobre mí, mi pasado, mi futuro, mi música. Y sobre todo acerca de Raquel. Y justo eso es lo que no quiero. Ojalá fuera como aquí, donde nadie se interesa por nadie. No deseo explicar nada de mi vida, cada pinche plan o fracaso, y ni siquiera de mis logros, si es que llego a tener alguno. De todo lo que pueda detestar de mi regreso al pinche Monterrey, lo que más me duele y arde en el mero pecho es pensar en que regresaré a trabajar con mi padre. Mi regreso será darle la razón a él. Será aceptarle que todo lo que ha dicho de mí es verdad. Y eso me parte la madre. No quiero acabar en el pinche escritorio gris en el que toda mi vida dije que no estaría. No voy a estar ahí sellando putas facturas o controlando órdenes de compra ni administrando chequeras. No deseo atender a sus clientes ni ser el director de relaciones públicas de su corporativo. No haré nada que tenga que ver con él ni con sus empresas, porque cada segundo que pase trabajando ahí, será un segundo de su victoria. Todas las miradas que me dé serán con desprecio. Y no mames, no pinches mames, sería una mierda vivir así. Por otro lado, tampoco puedo quedarme acá y subsistir lavando trastes en un puto restaurante de comida china, y esperar o suponer que, por algún motivo extraño, de pronto voy a poder crear la música que no he podido hacer en los cuatro años que llevo acá. No mames.

Ya me cargó la chingada. Volver a Monterrey es regresar a los sermones de mi padre, de mi madre y hasta de mi hermana con su vida y familia perfecta. Es enfrentar la posibilidad de toparme con Raquel en algún lugar de forma accidental. Siento que me partirá la madre el verla. De hecho, me dará pena que vea en lo que me he convertido o en lo que no me he convertido en estos años, porque capaz que no he cambiado nada y sigo siendo el mismo pendejo que le arrebató el anillo de compromiso de su dedo, el mismo cabrón que temió vivir con ella, el mismo puñetas que tuvo pánico de sucumbir en la tormenta de intensas emociones que es su vida, el mismo que canjeó un poco de paz y silencio por su cuerpo, por su clavícula inolvidable, por sus labios suaves. A fin de cuentas, el grandísimo pendejo que no se creyó que la vida le presentaba a la gran Raquel, el pinche megapuñetas que, en su búsqueda de la melodía perfecta, se ha dejado ganar por tantos putos miedos. No sé cómo la podré ver; creo que tendré que bajar la mirada. Espero que pase mucho tiempo y no me la encuentre.

Me da asco recordar cómo es la sociedad allá. Cómo gozan al criticar cualquier evento ajeno. Señalar, enaltecer, seguir. Copiar. Cuestionarse poco, y la gran mayoría escuchar música mierda, como el reggaeton.

Todo en el regreso está mal y oscuro. Creo que lo único bueno será desayunar con Rosita, escuchar sus historias, recibir sus abrazos, ver su sonrisa y sentir su mirada dulce.

24.

El ambiente en la ya tradicional cerveza de los viernes por la tarde en el pub se encuentra muy decaído. Es la última ocasión en que Leo estará presente. Pasan algunas cervezas y, tratando de levantar el ánimo del grupo, alguien propone ir ese día a un concierto de David Guetta en Madison Square Garden. Leo no quiere ir; no le gusta ese tipo de música. Ed menciona que le regalaron dos boletos para el US Open de tenis. Leo contesta que él lo acompaña. No jodas, Leo. ¿Prefieres ir al tenis que a un concierto? Sí, güey, uno cambia, o la vida lo cambia, además, la música de ese güey me da mucha hueva. Pues sí, güey, pero de eso a que prefieras ir a un evento deportivo en tu último fin de semana en Nueva York, es sorprendente. Con desgano, les contesta que es por acompañar a Ed.

Después de varias cervezas más, el grupo se separa y todos parten a sus destinos. Ya en el metro, un Leo lleno de melancolía platica con Ed sobre los beneficios de los horarios laborales en Estados Unidos. Pinches gringos, sí saben organizarse. Aquí a las cinco y media todos salen de sus trabajos; allá en México, unos apenas van regresando de la hora de la comida. ¿Tú qué, Leo? Los músicos hacen lo que quieran con los horarios. Claro que no; sólo si llegas a ser muy famoso. Ánimo, Leo. Regresar a tu tierra no es el fin del mundo. No sé, güey; capaz que no sólo es el regreso lo que me jode. Creo que estoy cansado de todo este pedo. Me siento hasta la madre de estar como en una aventura; intento todo, o mucho, y nada da resultado. Ya me cansé, güey, ya me harté. Hombre, calmado, mira tú, mañana te vas a sentir mejor. No sé ni qué pedo, pinche Ed. No sé en qué parte la cagué, capaz que desde el principio estuve mal, quizá mi jefe siempre ha tenido la razón sobre mí. No jodas, coño. Es viernes, anímate. La pasaremos brutal en el tenis; estará lleno, habrá muchas mujeres. Hay unos bares afuera de las canchas, seguro conoceremos a alguien ahí. Incluso, hay música en vivo. ¿La gente va a ver el tenis o a tomar? Mmm, no sé, quizá mitad y mitad, como nosotros. Yo sí quiero ver el tenis, y a ti te vale madre. ¿Están buenos los lugares? No sé, ni he visto. ¿Cómo los conseguiste? Me los regaló mi jefa en el trabajo, porque le gustó una presentación que hice a un prospecto la semana pasada, y hoy nos avisaron que había decidido hacer el proyecto con nosotros. Con madre. Sí, hombre, brutal. Fuera del ambiente de la música, en los trabajos normales, los retos son cabrones; no se logran las cosas fácilmente. ¿Perdón? No mames, Ed. ¿Estás diciendo que en la música las cosas se dan fácil? El movimiento del vagón del metro provoca que la voz de Ed vibre un poco, lo cual hace parecer que estuviera enojado. No quise decir eso. Pues es lo que dijiste. Ya, coño; no seas sentido. No mames, Ed, sólo repito lo que dijiste. Por eso, ya papi, andas sentimental. No traigo humor de nada, ni parece que sea viernes. Lo que quise decir fue que… Ya güey, ya no le arregles. Lo que quería decir es quizá que, en los negocios, a veces la inspiración no ayuda, o no dependemos de ella. Sólo hay que ejecutar ciertas cosas, seguir el camino. No mames, Ed. Me recordaste bien cabrón a mi papá.

Llegan a la estación de Grand Central, cambian a la línea 7 que los llevará a Flushing Meadows, al centro tenístico. Ed desbloquea su celular, y en la app del US Open, descubre que los dos boletos que tienen están en un lugar espectacular. Vete a la mierda, con razón cuestan mil doscientos dólares cada uno. ¡No mames, pinche Ed! ¿Te estás cogiendo a tu jefa o qué? No, ya quisiera. La verdad los ofreció, y a muchos no les gusta el tenis, otros no podían venir; así que me los dieron a mí. ¿Entonces no fue como premio por lo del cliente que dices? Sí, en parte sí. Mira, tú, vamos a estar en la quinta fila justo al centro, atrás de las bancas de los jugadores. O sea, ¿tenemos que estar volteando de un lado a otro para seguir la bola? Se dice pelota. Lo que sea, cabrón. Lanza a la mierda esa actitud negativa, Leo, reclamas todo. Ya, cabrón. Todos tenemos momentos difíciles en nuestras vidas. Ya pasará, en un mes vas a hablar de Monterrey y nos dirás que todo está chévere. Cálmate y al menos ponte una buena jumeta hoy.

Llegan al estadio, hay gente por todos lados. Me cagan los tumultos. Ed no le contesta nada. En la puerta inicial les colocan una pulsera para el acceso especial. Siguen avanzando y, después de una larga caminata, llegan a la zona restringida que les corresponde. ¿Ves? Aquí no hay aglomeraciones. ¿Ey, mira tú, quién te trata así, hombre? ¿Quién, cabrón? Nadie, mi pinche Ed, nadie. En una mesa alta se toman las primeras cervezas y unas papas a la francesa frías. En la sección hay poca gente, la mayoría viste de forma elegante. Ya divisaron a varios actores, aunque no se saben los nombres. Hay mucha vigilancia; varios guardaespaldas con trajes negros y lentes oscuros les han aventado algunas miradas.

Fuera de esa área se incrementa la cantidad de personas

que va llegando; se siente que la expectativa va creciendo. El
público está emocionado. Ven reporteros transmitiendo desde
escenarios fabricados especialmente para este torneo. ¿Por qué
tanta gente, Ed? Es la final del US Open. ¿La final? Sí. Suena
importante. Sí, lo es. El premio que se lleva el ganador es de
cuatro millones y medio de dólares. ¿Cuatro millones y medio
de dólares? ¿Es al chileee? Me estás madreando. ¿Por dos semanas de jugar este torneo se pueden ganar toda esa pinche lana?
Sí, coño, por favor, es la final del US Open, uno de los Grand
Slam; uno de los cuatro torneos más importantes del mundo.
No cualquiera puede jugar aquí, mucho menos avanzar y llegar
a la final. Pues no sé, supongo que sí es muy difícil, y que ellos
son profesionales y demás; pero ¡cuatro millones y medio de dólares es un chingo! Ni sé cuántos discos tendría que vender para
ganarme toda esa lana.

25.

Te dije, mujer. Me daban miedo tantas rachas buenas. Así es la vida, Tomás. Nadie tiene la culpa. Ninguna persona lleva la cuenta de los eventos felices, para luego descontarlos con cosas negativas. Es simple, es la vida: unos nacen, otros mueren. Al menos, ya Marti y Nicolás están grandes. Estoy tranquila de que la familia está unida. Disfruto lo que le está pasando a Nico.

La madre de Nico está en una cama del hospital de la ciudad de Merced, California. Entre una diabetes y un cáncer repentino la vida se le acorta. Dicen que le quedan sólo algunos días. Así, de la nada. Sin avisos ni síntomas. Un día, hace unas semanas, se sintió mal, una visita al doctor y la mala noticia llegó al final de la consulta.

Entra Nico a ver a su madre, don Tomás sale y los deja solos. Tienes que ir a ese torneo a Nueva York, no lo canceles por mí, ¿cachái? Tu vida tiene que seguir. Nico está parado al lado de la cama, le toma suavemente el antebrazo izquierdo. Lo hace con cuidado; no quiere mover ningún cable. Yo quiero estar aquí contigo, viejecita. No, mi nene, tu vida debe seguir normal. Cuando regreses, aquí estaré. Dice tu viejo que es el torneo más importante de Estados Unidos, que todos tus partidos los pasarán por la televisión. Piensa que aquí te estaré viendo. Hazlo por mí, nene. Será una gran experiencia para ti, será como un sueño, pásala chancho. Es que, viejecita, yo ni siquiera soñé eso alguna vez. Jamás imaginé que jugaría el US Open de tenis. ¡Nunca! Vas a ir, hijo, y jugarás con todo, con el alma. Y, hasta donde llegues, lo disfrutarás. Toma lo que está ahí en el sillón. Hay un paquete grande forrado de una manera desordenada con papel cartón y decorado con unos cordones blancos y rojos. Nico camina hacia el sillón, lo abre despacio tratando de no hacer mucho ruido. Son cuatro raquetas Wilson Pro Staff, hay también un sobre con dos mil dólares. Vaya mi nene a Nueva York; vaya a jugar, a gozar, que con lo que ha hecho ya tiene a su vieja feliz y orgullosa. Con un berrido atorado en la garganta y lágrimas lamiéndole las mejillas, Nico no puede decir ni hacer nada. Sólo asiente, y ve cómo en la pálida cara de su madre se forma una gran sonrisa.

Lo que Nico no sabe es que su madre había mandado comprar esas raquetas, y hecho el ahorro para el regalo con el dinero que debía destinar a comprar medicamentos para soportar los dolores que sufría. Como quiera me voy a morir, decía Martina. Mejor le junto una plata a mi nene para que pueda ir a Nueva York y jugar con raquetas nuevas y modernas.

Nunca perdí un partido de tenis, simplemente
se me terminó el tiempo.
Jimmy Connors

26.

En efecto, los asientos están en un lugar espectacular. La quinta fila al centro, justo atrás de las bancas de los jugadores. Ed está más emocionado que su amigo. Analiza el folleto que le dieron con estadísticas, fotografías e información del torneo. Se coloca los audífonos especiales que les regalaron a la entrada, en donde podrá escuchar a comentaristas narrar el partido. Leo se ve un poco más calmado. No se ha sentado. Voltea hacia todos lados. Está atardeciendo en Nueva York; el cielo regala dramáticos tonos rojos y naranjas. Se escucha el ruido de algunos helicópteros que vuelan por la zona. Muchos aficionados entran al gigantesco estadio; aún falta una hora para el partido. El alumbrado es espectacular, la noche húmeda, la cancha vacía. Se siente ansiedad y expectación en el ambiente.

Leo analiza cada asiento en busca de la más hermosa. Piensa que no estaría mal conocer una mujer hoy, a manera de despedida. ¡Ed! ¿Ya viste una fila atrás a tu derecha? Unos diez asientos hacia allá. Checa la de lentes oscuros. ¿Es Irina Shayk? Deja la mierda. Sí es, y está sola. Ándale, hombre. Lánzate. De despedida. Te mamaste, pinche Ed. Ni de pedo. Qué cagado. Ah, chinga. Lánzate tú, ¿a ver? Es tu despedida, hombre. Ni al caso, llego ¿y qué? ¿le pido una foto todo puñetas, como cualquier otro cabrón lo hace? No, cabrón, le pides su celular. ¡Jaaa! Qué pendejo eres, pinche Ed. Pues, mira tú, será lo que digas, pero hace unos años, cuando nos conocimos, te lanzabas sobre cualquiera, sin importar su nivel de fama; decías que rock and roll mataba todo. Yo creía que eran historias del mexicano parejero que quería impresionar a sus nuevos amigos, hasta que un día me tocó ver cómo conociste a la que salía en la película de Spider Man, ¿Cómo se llama? Kirsten Dunst. ¡Esa! No me jodas, te bajaste del escenario directo a su mesa, ¿qué antro era? El Rouge. ¡Ése! La subiste al escenario, bailaron, le pediste su celular y al acabar te fuiste con ella y contaste que amaneciste en su depa, ¡según tú! ¡Así fue! Bueno, ¿ves? Hubo un tiempo, un Leo así, y no fue hace mucho; no me puedes salir con que eran otros tiempos u otra edad, no coño, era aquí en esta ciudad, en estos tiempos. Pinche Ed, siento que fue otra vida, otro yo. En verdad parece que han pasado millones de años con tantas cosas que viví aquí. Sé que he cambiado bien cabrón. Además, no puedes comparar aquella situación con ésta. Ahorita, aquí la Irina de seguro trae guardaespaldas, y a huevo que viene con un vato. Me voy a ver bien puñetas acercándome a platicar. Pues ahorita ya te ves bien puñetas aquí. Jaa. Salud, compadre. Salud, pendejo. Chocan sus dos vasos grandes de cerveza, y Ed termina esta interacción diciéndole que lo va a extrañar.

¿Y quién juega, Ed? Por fin preguntas. Tanto te vale madre que no sabes quién juega. Me vale madre, yo vine a acompañarte. Qué lindo, Leo. Se escuchó tan tierna esa frase. Ya sabes, así soy; a veces me sale lo tierno. También lo hice por salirme, no quería vivir mi último viernes aquí encerrado en el depa, o quedarme solo a tomar en el pub. Mejor te acompaño, convivimos y nos ponemos una peda juntos en este evento que parece que es importante para ti. Sólo había venido una vez, fue con mi padre hace muchísimo tiempo, tenía unos quince años, acabábamos de venirnos de Puerto Rico para acá. Por alguna extraña razón, a mi padre el deporte que más le gustaba era el tenis, lo cual era muy raro para unos puertorriqueños; en la isla el béisbol es religión. Tengo recuerdos en donde estábamos mi papá y yo jugando tenis en una cancha pública cerca de nuestro departamento, allá en el Bronx. Lo más chévere de esas tardes era al final, cuando pasábamos a una tienda, comprábamos unos panes y unas Coca Colas, y nos sentábamos en una banca a platicar unos minutos. En esos momentos sentía que mi papá en realidad se interesaba por mí, que me quería. Qué chingón, Ed, la neta que chingón tener recuerdos así de tu padre. Yo no tengo nada cercano a eso. Lo siento, hombre; en verdad lo siento. Salud. Salud. Sigue. Todo esto me hizo recordar aquellas épocas bellas. Una sola vez me trajo a este torneo. Un viernes por la noche llegó al pequeño departamento en donde vivíamos, y ahora entiendo que, escondiendo su cansancio por haber trabajado todo el día en las construcciones de edificios, calles y demás, me dio un abrazo, sonrió y me entregó los dos boletos mientras gritaba con mucha alegría: ¡Los Eds van mañana al US Open! Y pues sí, al siguiente día, un sábado, estábamos aquí. Los lugares eran allá muy arriba, había poca gente, quizá porque eran los primeros días del torneo, recuerdo muy bien lo emocionante que fue entrar por primera vez a este estadio, y más, hacerlo caminado a su lado. Después de subir muchas escaleras, finalmente llegamos al pasillo superior en donde estaban las entradas a las secciones más altas. Antes de pasar por el pequeño túnel que nos llevaría al área de las gradas, mi padre me puso su mano en mi hombro y me dijo: Ed, despacio, este momento lo vas a recordar siempre. Y sí, sí tuvo razón. Nunca lo he olvidado. La emoción de sentir el brillo del sol en mi cara, ver cómo un gigantesco pozo con paredes de color azul estaba ahí, como succionándome; y allá abajo, al fondo, la cancha verde brillaba como nueva, con sus líneas blancas, y su orgullosa red, como si nunca hubiera sido usada. Lo que había visto por años en la televisión ahora lo tenía frente a mí. Buscaba los lados en que estaban las cámaras, para ubicarme. Me sorprendía la fuerza con que le pegaban a la pelota. Pasamos muchas horas ahí; no me importaba el dolor en las nalgas ni el sol, coño. Queríamos ver todos los partidos, sin perdernos ni un solo punto. Comimos algo barato en el pasillo de arriba. Ed señala la parte alta del estadio, que se ve muy lejana. Y en el último partido de la noche nos tocó ver al grandísimo John McEnroe, un jugador que nos encantaba por ser rebelde: reclamaba, gritaba. Era zurdo. Mi padre decía que acomodaba la pelota como si la lanzara con la mano. En algún momento llegó a ser el mejor del mundo. Mi padre dijo que ese había sido uno de los mejores días de su vida, por mí y por McEnroe. Y yo no le dije que para mí también había sido el mejor, por él. Chingón. Qué chingón, Ed. Leo está conmovido por la historia de su amigo. Suspira profundo y da otro trago a su cerveza.

Y hombre, mira tú, hoy, tantos años después, ya sin mi viejo aquí, y estamos en el mismo estadio, y entramos por un túnel similar, ahora en esta sección preciosa, aquí abajo, y tenemos a unos metros a esta hermosa cancha verde, con sus líneas blancas que brillan como nuevas, y su orgullosa red firme que a veces parece que crece. Estamos en esta sección exclusiva que, a donde volteamos, vemos mujeres hermosas, elegantes y hasta famosas. ¿Cómo no disfrutar esta tarde, Leo? Imposible no creer en Dios. No puedo dejar de pensar en mi viejo, hombre. Estaría orgulloso de mí si yo lo hubiera traído a esta sección. ¿Cómo no amar el tenis, Leo? Difícil no pedirte que vayas a hablar con Irina. A huevo, Ed. Que chingón, Ed. Leo no tiene problema en que se le noten las lágrimas que huyen de sus ojos y la emoción en la voz. Experimenta una envidia extraña, aunque sabe que no hay envidias buenas. Siente tristeza al no tener ningún recuerdo así de su padre ni de su madre. De nuevo sonríe un poco. Salud, Ed. Salud Leo.

Leo se ofrece para ir al pasillo por otras cervezas. Mientras hace la fila sigue pensando en la historia que le acaba de contar su amigo. No puede imaginar un padre así. Intenta fantasear lo genial que sería sentirse así al estar con su padre, y no lo consigue. Sin embargo, disfruta recordar la historia de su amigo. Goza haberse desconectado por unos momentos de su realidad. Piensa que algo tienen que ver las cervezas que ha tomado. Lo que sea que funcione para desconectarse, para dejar de sentir tristezas, al menos por unos momentos.

Regresa a los asientos. ¿Ya tienes el valor de ir con Irina? Ni de pedo. Ella no ha parado de platicar con toda la gente que la rodea. A huevo. Qué hueva de vida, ¿No? ¿Hueva? Molestia. ¿El músico está quejándose de la vida de rockstar? Mmm… pues sí. No había pensado que una fama así causaría estar lleno todo el tiempo de aduladores, fanáticos, necios y demás. No jodas, hombre. O sea, sí lo había considerado, aunque no creí que fuera siempre. Ve ahorita: en un evento que no tiene nada qué ver con lo que ella hace, y mira cómo está: gente, gente, gente, fotos, sonrisas, poses, gente, charlas, carcajadas exageradas fingiendo normalidad. Qué hueva. A mí me gustan momentos de silencio y de soledad. Pues los rockstars no tienen eso. Pues capaz que por eso no la he armado.

Total, ¿quién juega hoy? Es la final, y juega el número uno del mundo, Novak Djokovic, de Croacia contra Nicolás Ríos, de Chile; un amateur que está jugando su primer torneo profesional y ha logrado llegar a la final. Es la historia del sueño imposible, el tipo de anécdota que aman aquí en Nueva York. El chileno ganó el estatal amateur de California y eso le dio el pase a este torneo.

Su familia llegó de Chile a Estados Unidos cuando él era un chico. Muchos jugadores juveniles sobresalientes, o con ciertos logros, como ganar un torneo estatal, reciben invitaciones especiales para brincarse la calificación y llegar a este torneo. Así le pasó a él. Obvio que todos creían que, como sucede con estos casos, sería eliminado en la primera ronda. Pues no, hombre. Ha roto todo pronóstico, coño. Vi que las apuestas están locas. Si gana esta final, pagarán una cantidad brutal de dinero. Nunca había existido una línea tan alta. No mames, Ed. Hubieras avisado para apostarle. Sí tuvo algo de suerte, no le tocó jugar con rivales muy complicados, estuvo en el lado fácil del calendario, pero qué importa, hombre, ¡es el US Open! Todo es difícil. En cuartos de final estaba jugando contra Roger Federer y el suizo se lastimó el tobillo, y tuvo que retirarse en el segundo set cuando iba ganándole al chileno dos sets a cero. El suizo era su ídolo. ¿Te imaginas lo que ha de ser eso de jugar contra tu ídolo? Cada punto que le ganaba, no lo podía creer, reía, lloraba. El resto de sus partidos los ganó bien, incluyendo la semifinal. Todos llenos de dramatismo, llegando a cinco sets, muertes súbitas larguísimas, y con el apoyo del público, es el nuevo favorito de Nueva York.

El chico corre como loco por toda la cancha. Dicen que tiene unas piernas fuertísimas. Juega cada punto con el corazón, como si su vida dependiera de eso. He visto algunos de sus partidos en la televisión, y la verdad la pasión que tiene es contagiosa. Vas a verlo y de inmediato lo vas a estar apoyando. Te sorprenderá cómo el público lo ama. Y trae con él muchísimas historias. Dicen que ganó el campeonato estatal de California jugando con unas raquetas de madera viejísimas, que porque esas usaba desde niño. Cuentan que su padre lo entrenaba desde joven, a escondidas en las noches, a oscuras, en las canchas del Country Club, en donde su padre era jardinero. Así, cientos de historias, hombre. No mames que con raquetas de madera. ¡Sí, cabrón! ¡Qué reata! Ya para este torneo trae unas normales, modernas, como las que usan el resto de los jugadores. Suena el rumor que se las regaló su madre, justo antes de que viajara para acá, y que la madre hizo el ahorro para comprarle esas Wilson, como las de Roger Federer, con el dinero con el que debía comprar las medicinas para soportar los dolores que le trae un cáncer que la está matando. No mames, Ed. Sí, cabrón. Qué mamada. Y así, en cada entrevista sale una historia conmovedora de él. Que está jugando por su madre, y cuanta cosa te podrás imaginar. Es impresionante lo que ha causado en este torneo. A esta ciudad le ha caído perfecto un nuevo héroe así: humilde, sencillo, con una sonrisa brillante.

Que dice que juega cada punto como si fuera el último, porque así siempre lo ha hecho, desde que era pequeño y entrenaba a escondidas en la cancha del club; nunca sabía cuándo los iban a correr, ni cuál sería el último punto. Ha causado revuelo, no sólo con los aficionados, también con los otros jugadores y jugadoras. Publicó el NY Post unas fotos en donde salía cenando con María Sharapova. ¡No jodas! Ajá, chico. Dicen que ella fue la que lo invitó. Comentan que tiene éxito con las mujeres. Vendrá de Chile, de un pasado humilde, sin embargo, murmuran que ese rostro sincero, con cejas pobladas y el mentón partido, trae locas a muchas, hasta a la mismísima Sharapova. ¡Qué pedo! Pues salud, ¿no? ¿Cómo se llama el güey? Nicolás Ríos. Pues salud, por Nico.

Han pasado varias cervezas, ya casi una hora llevan en sus lugares, no paran de charlar, recuerdan cómo se conocieron en la gran ciudad y sus principales aventuras en estos años. Los tenistas ya están calentando en la cancha. Es muy claro que toda la afición apoya al chileno. Ed quiere encontrar algún momento adecuado para darle ánimos y consejos a su amigo sobre su regreso a Monterrey. Leo ha entendido ese deseo y, con intención, no le ha dado oportunidad. Disfrutemos el momento, Ed. El momento. El momento. El pinche momento.

En efecto, Leo confirma que Nico tiene bastante carisma. Es fácil admitir que le va bien con las mujeres. Imagina cómo les ha de agradar esa piel tostada, la barba algo crecida y esa dentadura que le brilla como si fuera falsa. Varias mujeres del público están emocionadas de ver esas piernas tan cerca. Nico saluda y voltea hacia las gradas; se le nota que está feliz, como si todo fuera un sueño. Su rival está serio, como siempre. Dicen algunos especialistas que el croata tiene todo que perder; otros expresan que tiene que arrasarlo en sets seguidos y sin perder ningún juego. Otros expertos comentan que, hoy en día, la tecnología y la ciencia han ayudado a acortar las distancias entre jugadores; a lo que la prensa latinoamericana responde que Nico, hace unos años, estaba inmerso en la pobreza y que casi toda su vida jugó en la clandestinidad de las canchas que invadía. Qué tecnología ni que carajos: El Nene es un superdotado, responde la prensa chilena. A Ed le causa gracia que los medios de comunicación norteamericanos se refieren a Nico como americano, basados en que ya tiene su ciudadanía, y no como un chileno. ¡Es chileno, carajo!

¡Chi! ¡Chi! ¡Chi! ¡Le! ¡Le! ¡Le! ¡Vivaaa, Chileee! Irrumpe la primera porra organizada de la noche. Viene del segundo nivel, enfrente de donde se encuentra Leo y Ed. Pueden ver al grupo de unas veinte personas, todas ellas con camisas de color rojo y muchas banderas del país latinoamericano. Nico voltea sorprendido; imposible esconder su emoción, y les regala un saludo y una brillante sonrisa. Otra parte del público se sorprende ante dicha manifestación de apoyo, no muy común en este deporte. Los chilenos no se inmutan y siguen con sus gritos y sonrisas.

Otras cervezas antes de empezar; ahora Ed fue por ellas. A pesar de que es una zona muy cara, no cuenta con servicio de meseros, algo que Leo de broma le reclama a su amigo puertorriqueño. Ya el juez principal ha pedido silencio. Empieza el partido. Si lo lógico sucede, Djokovic debe arrasarlo en tres sets seguidos 6-0, 6-0, 6-0.

Es el jugador número uno del mundo, el que gana fácil su primer juego. Ahora a Nico le toca servir. Su primer saque es as, lo que levanta de sus asientos a los muchos aficionados con camisas de color rojo que por todos lados del estadio aparecen. Leo y Ed se miran; uno de ellos dice que mejor inicio imposible. Los siguientes tres servicios también son ases y Nico gana su primer juego. ¡No mames, Ed! ¿Ya sabías que saca así de cabrón? ¡No! ¡No sabía! Mientras los jugadores cambian de lado, los aficionados gritan porras. Ed busca en el folleto el número de ases que Nico lleva en el torneo. Hasta ese día había hecho diez saques as. Ahora realizó cuatro seguidos. ¡Contra el mejor jugador del mundo, Ed! ¿Cuántas veces ha sucedido que alguien gana todos los puntos de un juego de una final de US Open con saques ases? No me jodas, Leo, no sé. Guarda ese celular, no puedes vivir buscando todo en Google.

Las acciones del primer set suceden en un ambiente de fiesta en el estadio; una muchedumbre emocionada, la noche perfecta, el rítmico rechinar de los tenis en la cancha. Memorable. El croata está sereno. Nico se ve emocionado, intenso, aunque no le alcanza más que para ganar cuatro juegos de este primer set. 6-4, el primero para el croata. No por eso el ánimo de los que apoyan al latinoamericano ha bajado. Otras cervezas para el par de amigos. Qué diferente se ve en vivo, Ed. Qué impresionante lo fuerte que le pegan a la pelota. ¿Por qué pujan los jugadores de tenis, Ed? Ni idea, coño. Pero cuando juegan las mujeres, que rico suenan los pujidos, ¿verdad? Pues sí.

El segundo set también se mantiene reñido. Puntos largos y emocionantes. El europeo sigue tranquilo, parece que no siente nada. Nico no se ve nervioso ni agotado. Ha pegado muy buenos tiros. Ha jugado a su tope. Dicen que, incluso, ha sido su mejor nivel del torneo, sin embargo, ahora es la final contra el mejor del planeta y no le ha alcanzado más que para emocionar un poco a sus seguidores y ganar algunos competidos juegos. El segundo set también es para el croata, 6-4.

Un set más que pierda Nico y el sueño se acaba. Llama la atención que los aficionados chilenos, dispersos en el estadio, aún tienen esperanza. Después de dos horas siguen apoyando. La cerveza les ayuda a mantener la alegría. Ed, de alguna forma, entendió que su amigo no quiere charlar de nada que tenga que ver con el regreso a Monterrey, y lo ha respetado. Disfrutan y apoyan a Nico como si fueran familiares, como si le hubieran apostado algo de dinero. Crearon un hashtag #DaleNicoDale. Bendita cerveza. Benditos amigos. Bendito Nico. Bendito Nueva York, chingao. ¡Chi! ¡Chi! ¡Chi! ¡Le! ¡Le! ¡Le! ¡Viva Chile!

Coño, qué corriente te ves tú formando una torre con todos los vasos de cerveza que te has tomado, Leo. No mames, Ed. ¿A poco tú te ves muy bien con todos esos vasos tirados abajo de tu asiento? ¡Chi! ¡Chi! ¡Chi! ¡Le! ¡Le! ¡Le! Algunos vecinos americanos los miran un poco molestos por el volumen en que charlan, a pesar de que lo hacen cuando los jugadores están descansando.

Han perdido la cuenta de las cervezas, de los servicios as y también del marcador. Tienen que voltear muy seguido a la pantalla que está en una esquina para ver cuántos juegos le quedan de vida al chileno. Con sorpresa, se dan cuenta que están empatados a cuatro juegos en el tercer set. Sólo le faltan dos juegos y ganaría el chileno su primer set de la final. Sí, pendejo, contesta Leo, y si el otro güey gana dos, ya se chingó todo. Mientras los jugadores se secan los brazos con unas toallas, antes de arrancar el siguiente punto, a Ed se le hace muy fácil levantarse como si fuera partido de fútbol, y ante el estadio en silencio se le ocurre gritar: ¡Nico, vas por dos! ¡Nico, vas por dos! ¡Nico, vas por dos!, mientras levanta su mano, y con el dedo índice y el medio forma la V de la victoria o la señal de dos juegos. A Leo le sorprende que Ed haya hecho eso, siendo una persona educada y, además, seguidor de este deporte y de las reglas de cortesía y comportamiento. Es mucho más la sorpresa para Leo cuando se da cuenta de que el grito de Ed es escuchado por Nico, quien voltea y ubica rápidamente a Ed, contestándole con la V de la victoria y una gigantesca sonrisa. Con eso bastó para que muchos más aficionados se unieran al grito de ¡Nico, vas por dos! ¡Nico, vas por dos! En unos segundos, ya está la mayoría del estadio gritando la porra. El juez principal tiene que pedir silencio. El descanso entre este punto dura más debido a la algarabía que inició Ed. ¡Pinche, Ed! ¡Salud, mi Leo! ¡Salud, cabrón! Coño, de suerte pude sumar bien, ya estoy medio picado. ¿Sólo medio? Jaaa, qué comemierda. Yo ando igual, mi Ed. Shhh, dice una señora de unos sesenta años que está sentada en la fila de adelante. Los jugadores están a la mitad de un punto. Los amigos fingen callarse, aunque sólo logran provocarse una risa contagiosa, y al intentar contestarle a la señora con otro shhhh, hacen más ruido con sus carcajadas. No se dan cuenta de quién ganó el punto, y cuando la ovación del público crece, los amigos pueden reír tranquilamente. Calmado, Leo. Ya, calmados.

Ojalá que Nico gane un set, para poder estar aquí otro rato más; apenas se está poniendo bueno. Qué fácil se dice, cabrón. El cabrón croata sólo ha perdido tres sets en todo este torneo. Para emoción de la gran mayoría, por no decir que de todo el estadio, Nico gana su quinto juego. El público se emociona aún más; la porra que inventó Ed hace unos momentos, ahora la han cambiado a ¡Uno Nico, uno! ¡Uno Nico, uno! Sólo ganaría un set, dice algo desanimado Leo. No importa, hombre. Implica que no lo barran, que seguimos una hora más aquí; y que tomemos más cervezas. ¡Uno Nico, uno! ¡Uno Nico, uno!

El chileno ahora juega mucho más suelto, con desdén, sin presión. Siente que está cerca de perder y se relaja, y eso es lo mejor que le puede pasar. Empieza incluso a correr más, a pegar más duro, más cruzado, más confiado. Ha metido varios tiros de ensueño y, para emoción de todos, ha ganado su primer set del partido. 6-4 para Nicolás Ríos. El Nene chileno gana su primer set de la final. El partido va 2 sets a 1 en favor del croata; el que gane tres sets es el campeón. Lo cual significa que el joven revelación tiene un gran camino por delante.

Nico es irreverente en su forma de jugar, realiza tiros imposibles, festeja más fuerte, se le ve entusiasmado. Ha encarado al croata; pareciera que ha olvidado que su rival es el mejor jugador del mundo. ¡Vamo, carajo!, se ha gritado varias veces a sí mismo cuando termina un punto con un tiro ganador. Levanta sus brazos al público incitando a que la ovación crezca entre punto y punto. De pronto se siente como si fuera un estadio de fútbol, o incluso, que estuvieran en Chile.

Siguen pasando emociones y cervezas. Sienten que la temperatura subió ahora que ya está bien entrada la noche. Los dos jugadores no paran de sudar. No se ve que el entusiasmo vaya a caer. Nico lleva buen rato jugando de una forma genial, sin ninguna presión, como si fuera un partido de práctica en esas canchas que jugaba a escondidas por la noche con su padre. Parece que no tuviera nada qué perder, aparenta que no sabe que es la final de uno de los cuatro torneos más importantes a nivel mundial y que su rival es el jugador número uno del planeta. Y eso dicen los que saben: Es lo mejor que le pudo pasar. Ya sus músculos no están tensos. Ya disfruta las ovaciones que recibe después de grandes tiros. Ya empieza a creer que quizá tiene una oportunidad de ganar esta noche.

Nico gana su segundo set. La afición también siente que está viviendo una de esas noches épicas de David y Goliat. De esas memorables, de amigos, de cervezas, de muchas cervezas, de historias y triunfos. De esas en que confirmas que a veces, sólo a veces, los sueños se hacen realidad.

Empieza el quinto y definitivo set. Quien lo gane será el campeón. A pesar de que han sudado galones en las más de cuatro horas que lleva el partido, los dos jugadores se ven completos. No dan señas de cansancio ni de dolor. El croata sigue con su cara seria y la quijada apretada. Ha pegado algunos gritos, casi todos ellos a sí mismo, y en ocasiones hacia los asientos en donde se encuentran sus entrenadores. Pocas veces ha demostrado molestia a pesar de perder dos sets seguidos. Ha vivido muchos partidos como éste y, al menos a la distancia, aparenta estar tranquilo. Nico se ve mucho más concentrado. Ya no sonríe. Tiene la mirada fija en la pelota. Se deja llevar por su cuerpo, no piensa. Ha dejado de interactuar con el público, lo cual los comentaristas dicen que es muy bueno, así evita posibles distracciones.

Cada vez se ven más banderas chilenas, croatas, americanas y unas cuantas mexicanas. Entre punto y punto se desatan ovaciones y gritos. Hay duelo de porras en las gradas. El juez de silla tiene que pedir silencio varias veces para que el partido pueda continuar. A Nico no parece afectarle; ha hecho su saque a pesar de que aún se escuchan porras, lo que causa la reclamación del croata, y ante la desaprobación del público, el juez de silla ha pedido que se repita el servicio. Ed escucha la narración en los audífonos que le dieron en la entrada, los comentaristas tienen sus gargantas llenas de emoción. Dicen que en estos momentos es cuando los entrenadores físicos desquitan y comprueban la calidad de su trabajo. Es el momento de la verdad para todo el equipo: el psicólogo, el nutriólogo, masajistas y demás especialistas que en la actualidad intervienen en la preparación de los tenistas. Ahora es cuando las piernas deben estar frescas y suaves, y la mente fría. Olvidar el error pasado, concentrarse sólo en el punto que están jugando, sin importar nada. Los dos se ven fuertes a pesar de que han sudado mucho. Nico no tiene grupo de entrenadores. Su equipo es sólo su padre. Así que, según los expertos, sus logros hasta este momento tienen más mérito. Aunque los comentaristas insisten en que es estadounidense, habrá que preguntarle de qué nacionalidad se siente.

En un descanso, proyectan en las pantallas gigantes del estadio una entrevista al padre de Nico, quien en un inglés fluido contesta que su hijo quiere ganar. Comenta que si queda en segundo lugar no estará conforme a pesar de que este torneo ha sido una experiencia fabulosa, dice que su hijo sólo piensa en ganar. No va ni a aceptar ni a superar el haber perdido la final del US Open en cinco sets, sin importar que el rival haya sido el más difícil que le podía tocar.

¡Chi! ¡Chi! ¡Chi! ¡Le! ¡Le! ¡Le! ¡Viva Chile! Siguen los gritos. Siguen las cervezas. Ya hasta se hicieron amigos del vendedor. Cada vez que van a comprar llegan con prisa al baño para orinar con urgencia y placer.

Leo dirige la mirada unos momentos a las gradas y se emociona cuando ve a la afición eufórica levantando banderas, como defendiendo su patria, con las caras pintadas de sus colores, otros sin camisas; le sorprende tanto nacionalismo en un evento deportivo. Le asombra el silencio masivo que se crea mientras están jugando, para luego, al terminar el punto, pasar a una atmósfera llena de ruido, gritos, porras; y unos instantes después, regresar a un abrupto silencio en donde sólo se escucha el ruido de las raquetas al golpear las pelotas verdes, el tallar de los tenis en el piso, y uno que otro gemido de los jugadores. Está distraído por completo con eso, piensa que pudiera hacer un experimento social sobre ese comportamiento. Ed está concentrado en el partido, emocionado, absorto en las jugadas, no ha podido dejar de pensar en su padre. Espera que lo esté viendo desde el cielo. El alcohol catapulta las emociones; los amigos ya llegaron al nivel de te quiero un chingo compadre, te voy a extrañar, cabrón, no te vas a Monterrey, que se vaya a la chingada mi jefe, ahorita voy a bajarle el teléfono a Irina, y cosas por el estilo.

Leo siente la tentación de gritar en medio del silencio, durante el punto, pararse y gritar repentinamente: ¿Qué nos ha pasado, carajos? ¿Hasta cuándo hay que luchar? ¿Qué pedo cuando no se logran los sueños? Siente ansia. Le hormiguean los dedos de las manos. Batalla para pasar saliva. Jala mocos con la garganta. Siente punzadas en su cabeza. Parpadea tres veces. Sería algo genial. Quizá nunca nadie haya hecho eso. Llamaría la atención de todo el estadio. A lo mejor hasta le ayuda a Nico para que tenga unos momentos adicionales de reposo.

En el siguiente descanso, le cuenta su idea a Ed, quien le dice: No lo vas a hacer, puñetas. Ya no te voy a dejar tomar más, cabrón. Aahh. Jaa. Qué güey. ¿Cuántas horas llevamos? No sé, muchas, pendejo. ¿Y cervezas? Cientos, también, cabrón. Ya, güey, disfruta el partido, se está haciendo historia frente a tus ojos y tú con estas pendejadas. Va. Va. Te quiero un chingo, Ed. Yo también, Leo, cabrón. Jaaa. ¡Chi! ¡Chi! ¡Chi! ¡Le! ¡Le! ¡Le! ¡Viva Chile! Sí señor.

Nico acaba de ganar, sorpresivamente, el quinto juego del quinto set. Una devolución cruzada espectacular, un revés en paralelo a dos manos que mordió apenas unos milímetros de la línea, un punto con más de quince golpes, un globo inolvidable que flotó lentamente sobre el croata y cayó suavemente en la línea de base, un inesperado primer saque débil que Nico no desaprovechó y pegó un drive potente cruzado dejando sin oportunidad a su famoso rival, quien en su intento de respuesta, golpeó con el marco de la raqueta y mandó la pelota a las gradas y, así de pronto, como la vida misma, el croata pierde sorpresivamente un juego con su saque. Le rompieron el saque, dicen los que saben, y ahora el marcador se pone 5 a 4 favor Nico. ¡A favor de Nico! ¡A favor de Nico! La expectación crece ahora con otro tono. Si nadie venía creyendo lo que estaba sucediendo, ahora el público está excitado, se siente parte de algo que será recordado por muchos años.

Los jugadores llegan a sus bancas, tienen un pequeño descanso, nadie se quiere mover de sus asientos, sólo algunos que no aguantan las ganas de orinar. Sin ningún aviso, Leo se levanta y dice que va por las últimas cervezas. ¡Leo! ¡Te vas a perder el último juego, coño! ¡Leo! ¡Leo! A Leo le vale madre y avanza rápido en los pasillos vacíos. Las pantallas gigantes muestran el rostro de Nico, quien voltea hacia las gradas. Por el tipo de mirada, es casi seguro que está viendo a su padre. Se le nota tranquilo, tiene el rostro inundado de sudor a pesar de que se secó hace unos segundos. Ojalá que sí mire a su padre, piensa Ed; que aproveche que puede hacerlo. ¡Vamo, Nico!, grita muy suave Ed, entre lo borracho y el ruido del ambiente sólo algunos lo escucharon. Los jugadores están a unos metros, a pesar de eso, no se anima a gritar más fuerte. A pesar de la valentía que brinda el alcohol, Ed se contiene y sigue mandando buenos pensamientos al jugador chileno. Importa un carajo si ganas o no, piensa Ed; lo que ya nos has demostrado hoy es tan grande como para no olvidarte el resto de mi vida, siempre recordaré esta noche, estos olores. Este es uno de los mejores días de mi vida. Pero Nico quiere ganar; así lo educó su padre desde que tiene memoria, desde algunos vagos recuerdos de su infancia en Chile en una choza humilde llena de tierra.

La pantalla gigante sigue mostrando a Nico, quien ahora baja un poco la cabeza y se la tapa con una toalla blanca. Parece un fantasma. Es tan increíble lo que está sucediendo en la cancha esta noche; el chileno pudiera ser lo que fuera: un extraterrestre, un mago, un superhéroe. Esas fuerzas en sus piernas, esa velocidad, esas reacciones inmediatas, ese corazón para pelear cada punto como si la vida dependiera de ello. Ese deseo, hace años que no se veía, al menos en este deporte. ¡Eso es de otro planeta!, dicen los comentaristas al oído de Ed. Y así, de pronto, si es que se puede decir de pronto después de más de cinco horas, en un momento sorpresivo, Nico le rompió el servicio al croata y ahora está a un juego de ser el campeón de uno de los cuatro torneos más importantes del mundo, venciendo al mejor.

Vuelve el grito de ¡Uno Nico, uno! Vuelve el grito de ¡Chi! ¡Chi! ¡Chi! ¡Le! ¡Le! ¡Le! ¡Viva Chile! Vuelven las ovaciones, los alaridos, rumores y hasta abucheos; siempre hay gente rara. Aparecen cánticos nuevos. Regresa el ruidoso murmullo, como si todo el público se jugara algo de vida o muerte. Las banderas. Como un desfile o una guerra. Parece un carnaval que en unos segundos estará totalmente callado y siguiendo a esa pequeña pelota verde. Mientras los jugadores se levantan de sus sillas, Leo regresa y se sienta junto a su amigo, con dos grandes cervezas en sus manos. No había nadie en la fila. Te volviste loco levantándote en este momento. No hay pedo, ya estoy aquí con dos cervezas más. ¡Vamos, Nico! Para Leo sería una buena referencia recordar que su regreso a Monterrey fue un día después del épico triunfo de Nico, el juego más espectacular en la historia del tenis.

El chileno está a punto de ejecutar su primer servicio y Leo pega su boca al oído de su amigo, y con un suave murmullo le dice: Nico, Ed, Leo, todos riman, ¿no? Suenan igual, ¿no? Shh.

Cállate, coño, disfruta el juego. Le lengua le pesa, le arden los ojos, ve borroso, tiene que toser para que le salga la voz. Se marea de tanto mover la cabeza de lado a lado siguiendo la pelota por tantas horas; son las cervezas, no las horas, le contesta Ed. El primer punto de este juego dura catorce golpes. Parecía que nunca fallarían. 15-0, Nico. Siguiente servicio, es as. 30-0, Nico. Siguiente punto: el europeo parece perder la cabeza e intenta una dejadita que no logra cruzar la red. Nico arriba 40-0. Un punto para campeonato, Match point. Uno para entrar a la historia y enviar un mensaje al mundo de que lo imposible aún puede suceder. Un punto para Chile y Latinoamérica. Uno para los soñadores. El croata grita algo que de seguro son maldiciones, se pega en la frente con el marco de su raqueta, su rostro está rojo. A un punto de la gloria. Viene el servicio de Nico y, ante el asombro del croata y de todos, realiza un saque muy suave, con mucho efecto, a la T del centro, sorprendido por la lentitud del saque, el croata pierde ritmo y pega un revés muy descompuesto, corto y al centro, en donde ya está Nico, que se había subido a la red para, con una suave volea cruzada de derecha, ganar el último punto del partido, el que lo convierte en el campeón del US Open. ¡No me jodaaaaaaaassssss! ¡Vete a la mierdaaaa!, grita Ed, Leo, todos. El estadio hierve en ovaciones. Nico se persigna mientras voltea a ver a su padre, ambos rompen en llanto. Nico cae de rodillas, ahí donde quedó, justo al centro, a centímetros de la red, en el medio de todo. Llora fuerte, le sale el alma en lágrimas, como si llorara en nombre de todos nosotros, de esos llantos que envidias. Nico y Ed no paran de brincar. Han derramado cerveza en los festejos. Vuelan fuegos artificiales de color azul, blanco y rojo. Se escucha alguna canción de festejo con muchos requintos de guitarras. Las promesas entre los amigos vuelven, se abrazan. Muchos se abrazan, muchos gritan. ¡Nico! ¡Nico! ¡Nico! ¡Chi! ¡Chi! ¡Chi! ¡Le! ¡Le! ¡Le! ¡Viva Chile!

Nico acaba de saludar con mucho respeto al croata. Vienen ya los dos jugadores y saludan al juez de silla. El chileno saluda hacia el público, aplaude con su mano y la raqueta. Sonríe. Agradece. Murmura. Llora. Suelta lo que contuvo por tantas horas. Nos vio, cabrón. A huevo que nos vio. Ese saludo, a huevo que fue para nosotros. Los amigos están abrazados, brincando muy emocionados. Muy, muy emocionados ¡Grítale, cabrón! ¡Grítale! ¡A huevo que le grito! La banca de los jugadores está a unos diez metros máximo. Llenos de euforia y de emoción, los dos gritan: ¡Nico, eres un chingón! Y en ese instante, Nico voltea a verlos, sonríe y les hace una V con los dedos de su mano derecha.

27.

Una gran parte de los espectadores se retira de las gradas. Ha cambiado la iluminación. Apagaron las grandes farolas; ahora está un poco obscuro, con algunas luces indirectas de colores azul y rojo. En las pantallas gigantes se muestra un resumen de los partidos que Nico jugó en todo el torneo. De manera veloz, la cancha la convierten en un escenario. Han traído las banderas de los países de todos los participantes. En una orilla de la cancha dan acceso a los reporteros. Cuatro hombres vestidos de traje color azul marino y corbata verde están por subir al escenario. Los dos jugadores esperan; el croata sentado, cabizbajo; Nico, parado atrás de su banca, saludando a quien le grita, a quien se le acerca. Hace unos momentos brincó a las gradas y llegó hasta donde estaba su padre, a quien le dio un larguísimo y apretado abrazo mientras los dos lloraban. A Leo y a Ed les hubiera encantado escuchar ese diálogo entre el padre y el hijo.

Acaba de entrar un gran grupo de jubilosos chilenos al área donde están Leo y Ed. Ahora han quedado rodeados de estos seguidores quienes están llenos de energía. Gritos, cánticos, euforia, brincos, porras y emoción. ¡Chi! ¡Chi! ¡Chi! ¡Le! ¡Le! ¡Le! ¡Viva Chile! ¡Nico, Nico! ¡Nico is one! ¡Nico is one! ¡La pelota, Nico! ¡La muñequera, Nico! ¡La toalla, Nico! ¡La raqueta, Nico! Le gritan, le piden lo que sea, un recuerdo de su nuevo héroe. Nico les responde bailando de la misma forma que ellos; brincan mientras sus brazos los mueven hacia el frente para arriba y los regresan abajo. ¡Héroe! ¡Héroe! ¡Héroe! En el sonido del estadio ponen la canción *We are the champions*, de Queen, lo que ha desbordado aún más la emoción. El grupo de seguidores llega hasta la primera fila. Nico se acerca, empieza a firmarles pelotas, ropa, pequeños pedazos de papel, lo que sea. Algunos sólo quieren tocarlo, darle la mano. Nico ya les entregó sus muñequeras, la toalla, incluso el reloj que se acababa de poner. Un aficionado le da un jalón hacia ellos. No cesan los brincos, gritos y euforia en el grupo.

La ceremonia de premiación está por iniciar, alguien de los organizadores llama a Nico, quien de inmediato se retira del grupo. Crecen las porras, los reclamos, las peticiones de una firma más. El volumen de la música baja un poco al igual que la iluminación y la algarabía de los aficionados. Al parecer, uno de los últimos gritos le llegó duro al corazón de Nico, quien al pasar al lado de su banca toma su raqueta, y, sin pensarlo, desde ahí la avienta al grupo.

La raqueta vuela, a los aficionados les parece que es en cámara lenta, va girando casi en forma perfecta como un búmeran vertical, como una hacha. Quienes ven el acto no lo pueden creer. Se incrementan los gritos. Ed y Leo han quedado rodeados de chilenos. ¿Qué pasa, Ed? No sé, tú brinca. Ed pega un salto al igual que lo hacen varios a su alrededor. Vuelan vasos y líquidos, que con suerte son cerveza. Sienten empujones en sus espaldas. Hay más algarabía. El ruido aumenta, Leo intenta brincar, sin embargo, un golpe lo baja y le causa que caiga sobre su butaca. Al mismo instante que sus nalgas tocan el asiento, justo frente a él, y en medio del tumulto de personas, cae la raqueta de Nico, con la cabeza hacia el piso y el mango hacia arriba. Tarda unos milisegundos en reaccionar, soltar el vaso de cerveza y estirar sus brazos. La toma. La abraza, la atrae hasta su cuerpo, se encorva para protegerla. La aprieta como si su vida dependiera de eso. Se calman los manotazos y la euforia, ahora recibe palmadas de felicitación, hasta que escucha la voz amable de su amigo Ed, quien no puede creer lo que acaba de suceder. ¡No! ¡No! ¡No me jodas, coño! ¡Coño! ¡La raqueta de Nico! ¡La raqueta del campeonato! ¡La del último punto! ¡La raqueta, punto final, hombre! ¡Leo! ¡Leo! ¡Leo! Se levanta, se abrazan con la raqueta en medio de ellos. El momento es transmitido en las pantallas gigantes ante el entusiasmo y la envidia de todos los aficionados.

Ha empezado la ceremonia de premiación. En el escenario que acaban de armar en el centro de la cancha, un hombre habla solemne sobre la increíble hazaña de esa noche. Atrás de él están los dos jugadores. Termina el discurso. Está por entregarle el cheque simbólico de cuatro millones y medio de dólares y el prestigioso trofeo. La atención de los aficionados se ha dirigido hacia la ceremonia de premiación. Ed y Leo brincan emocionados, ¡Eh! ¡Eh! ¡Eh! Hasta que de manera abrupta Ed interrumpe los festejos. Nos tenemos que ir ya, pendejo. ¿Al chile? Sí, güey. Dámela, yo te la cuido, ¿crees que estoy pendejo o qué? ¿No confías ni en mí, puñetas? A huevo que sí. ¿Leo, del 1 al 10 que tan jalado andas? ¿Jalado? Borracho, hombre. Aaaahh, que mamona tú pregunta. No te voy a contestar. ¡Agárrala bien, puñetas! Vámonos o nos la va a querer quitar.

Los amigos se abrazan, y trastabillando suben las escaleras para retirarse. No mames, ¿a qué horas nos pusimos tan pedos? Mira, estamos en la pantalla. No saludes. Fue tarde el aviso, Leo ya saluda a la cámara con una gran sonrisa, muestra orgulloso la raqueta. La cámara vuelve a la transmisión de la ceremonia de premiación.

Salen de las gradas, avanzan por el pasillo del estadio que está lleno de aficionados. Mira tú, Leo, no paremos de caminar, y aprieta esa raqueta como si fuera lo que más quieres en tu vida, hombre. Muy probablemente por el alcohol, hasta este momento es cuando Leo capta que no sólo es un gran souvenir de alto valor sentimental e histórico, sino que tiene o puede tener un enorme valor económico. ¡Tiene, cabrón! ¡Tiene!, piensa Leo. Así que, por lo que más quieras, no sueltes la pinche raqueta. Caminan abrazados para no separarse; van muy lento con dirección errática. Te mamaste, pendejo, gime, Leo. ¿Por qué me preguntas la escala del 1 al 10 de pedo? No llores, nena. Ya, papi. Cállate y camina. Avanzan por los pasillos de acceso del enorme complejo tenístico en donde hay muchas canchas, jardines y tiendas. Aún hay bastantes personas en el área, un gran número de ellas se detiene frente a diversas pantallas enormes que aún transmiten la ceremonia.

Ya vieron en un monitor a Nico levantar el trofeo y posar con el cheque. Avanzan un poco más y en otra pantalla han visto a Nico dar un corto y emotivo discurso, en donde dijo que tenía poco que decir con palabras, ya todo lo había dicho jugando. Los amigos siguen su caminata, abrazados, con la raqueta en medio de ellos; la lleva Leo en su mano izquierda. Llegan a una de las áreas de comida. Se sientan en unas sillas blancas; hay muchas mesas vacías y Ed va a comprar unos cafés.

Leo apenas suspira cuando ve en la pantalla grande de esa zona que entrevistan a Nico, quien tiene el rostro triste. Dentro del murmullo y su borrachera, Leo alcanza a escuchar a Nico decir: Por favor, regrésenme mi raqueta. La aventé en un momento de emoción, pero esa me la regaló mi vieja, ella está muy enferma; tiene mucho valor sentimental para mí. Por favor, le pido que me la regrese. Y Nico rompe en llanto. El comentarista le dice que sin duda quien la tenga atenderá su petición. No mames, piensa Leo, mientras se mete abajo de su camisa la raqueta. Pasa apenas un minuto y regresa Ed con la quijada apretada y dos cafés en sus manos. ¿Viste lo que dijo Nico?, le pregunta a Leo, quien asiente despacio y pierde la mirada. Leo sigue callado, cuando Ed le dice: Pendejo, con ese mensaje de Nico la raqueta ya vale mucho más. No voy a regresarla, dice Leo. Chingue su madre. Tómate rápido el café, al cabo está tibio, y vámonos para el carajo. Es urgente que se nos baje la jumeta.

Vuelven a caminar; cómo quisieran no estar borrachos. Yo puse mi parte, dice Leo, tomé para no cambiar el destino de Nico, del partido, de todos. Jaaa, cállate, pendejo, y camina. Pasan una de las zonas de revisión con detectores de metal. El inmenso pasillo empieza a girar hacia la izquierda. A lo lejos se ve una estación del tren, y mucho más atrás está la del metro a la cual quieren llegar. Avanzan despacio en medio de una enorme multitud. Agárrala bien, pendejo. Leo la aprieta con todas sus fuerzas. Aún la lleva bajo la camisa. ¿A quién abrazarías más fuerte: a Raquel o a tu guitarra? ¡Cállate, puñetas!

Pasan la última pantalla gigante de esa zona. Siguen su andar y no logran ver ni escuchar cuando Nico, en rueda de prensa, con su padre y algunos miembros del comité organizador a sus lados, está diciendo que quiere, que necesita, que le urge, su raqueta de regreso. Que como recompensa ofrece el premio económico que acaba de ganar. Los cuatro millones y medio de dólares a cambio de mi raqueta. Mientras el padre está serio e inmóvil a su lado, los organizadores tienen los rostros rojos y los labios apretados. En todos los monitores del complejo proyectan el video donde se ve a los dos amigos mientras se alejaban de sus asientos ya con la raqueta. Leo y Ed no vieron nada de eso. Caminan varios minutos más, esperan que el café haga algún efecto. Llegan a la estación del metro y, después de muchos minutos de espera, por fin suben a un repleto vagón. Esta noche el servicio es gratis. Ahí van los dos amigos de regreso a Manhattan, con la raqueta de Nico escondida bajo la camisa de Leo, quien pasado mañana se regresa a Monterrey.

28.

Leo odia los tumultos, y en el vagón no cabe ni una persona más. Van todos apretujados. Siente taquicardia. Respira rápido y por la boca. Aprieta la quijada sin darse cuenta. Trata de concentrarse en el hombro descubierto de una mujer delgada de cabello café que va un poco más adelante. Ella tiene sudor en su hombro, y Leo piensa lo mucho que sudaron los jugadores en el partido. Recuerda el sudor en la piel tersa de Raquel. Se arrepiente de haber tomado tanto; sabe que no controla sus pensamientos. Se habla a sí mismo en silencio. Se dice que todo es una broma, luego, al instante, toma un poco de conciencia de lo que le ha pasado. No ha asimilado la trascendencia de la noche tan histórica de la que fue testigo, ni tampoco sabe que Nico acaba de ofrecer una recompensa millonaria para recuperar su raqueta.

Han pasado varias estaciones; el vagón lleva menos gente. Ya no van cuerpo a cuerpo. Ed, ahora con más espacio, observa su celular y, después de unos segundos, su rostro se le pone rojo. Le crecen sus ojos mientras voltea a ver a Leo y gesticula con la boca lentamente diciendo: Veteee a laaa mieeeerdaaaa. Leo entiende perfecto. Se acerca de inmediato; piensa que le mostrara alguna imagen de una mujer, sin embargo, ve en el celular de su amigo la noticia de la recompensa de la raqueta que trae bajo su camisa. No mames, dice Leo muy despacio. No pinches mames, cabrón. ¡No mames, pendejo! ¿Por qué tanto dinero a cambio? Dicen que se la regaló su mamá y ella está a punto de morir.

¿Y ahora? ¿Ahora qué, pendejo? ¿Qué vamos a hacer? El metro sigue avanzando. El vagón lleva como veinte personas. Leo mantiene la raqueta bajo su camisa, ahora siente que todos lo ven y lo descubren. ¿Ya captaste, puñetas?, le dice Ed a su amigo. Es poco lo que Leo puede decir; está aturdido por la noticia. Por fin se anima a decirle a Ed que si la ponen en subasta en Ebay capaz que dan más dinero por ella, ¿no? ¡Coño, no jodas! ¿Por qué en Ebay? ¿Por qué quieres más dinero que el que ya ofreció? ¿Por qué no la regresas y ya? Pues porque obvio que la recompensa es puro pedo; me van a madrear y no me van a dar nada. Les dirán a los medios que ya se hizo el intercambio de raqueta por dinero a alguien quien, por su seguridad, no quiso revelar la identidad, y listo, se quedarán con la raqueta y yo sin un pinche dólar. ¿Y qué con eso? Pues que yo debo recibir la recompensa, yo tengo la raqueta. Qué pasado; deberías regresarla y ya. ¡Ah, chinga! Yo no la robé, yo no la pedí, yo no hice nada más que tomar algo que literal cayó frente a mí. Yo no pedí dinero a cambio. Es más, pendejo, yo ni sabía que el pinche Nico había ofrecido la recompensa, sólo vi cuando la pidió de regreso. ¿Cómo íbamos a saber, imbécil? Cálmate, hombre. Es que no mames, pendejo. Okey que estamos pedos y la chingada, pero no me digas que estoy mal, Ed. Nosotros no hicimos nada malo. La raqueta es mía ahora y yo decido si la subasto, la regalo o la regreso a cambio de la supuesta recompensa. No me vengas bien moralista o como chingada madre se diga, y pretendas verte bien y señalarme a mí como un cabrón.

Al estar en plena discusión, no se dan cuenta que se les han acercado un grupo de chilenos; visten ropa color rojo, traen las

caras pintadas, banderas en sus manos, y no paran de gritar porras a Nico. Se acercan a los amigos y de pronto uno señala a la
cintura de Leo, justo donde sale abajo de la camisa el mango de
la raqueta, con un grip color blanco y la bandera de Chile im-
presa en un lado. Luego lo ven a la cara, los ven a los dos juntos,
ven sus celulares y gritan: ¡Son los que tienen la raqueta de Nico!,
y se lanzan sobre Leo y Ed. Empiezan los golpes y empujones.
No mames, son diez contra dos. La raqueta le ha servido como
escudo ante algunos golpes. Ed ha caído varias veces, ya trae la
cara llena de sangre. Leo no recuerda haberse aferrado a algo con
tanta fuerza. Lo borracho que andan les ha ayudado a soportar
los impactos de mejor forma. Se han defendido tirando patadas.
Leo trae la cara inflamada y llena de moretones. El resto de la
gente del vagón ve la pelea sin mostrar ningún asombro. No tarda en llegar algún policía. Ya están los dos amigos en el suelo con
la espalda contra una esquina. Leo se levanta despacio, ayudán-
dose con la pared de atrás. Levanta la raqueta con las dos manos
y amenaza con azotarla contra una ventana del vagón. Hasta
este momento los atacantes paran. ¡La voy a quebrar, pinches
chilenos de mierda! Ed tarda en levantarse. Leo ve que el vagón
está disminuyendo la velocidad para detenerse en la siguiente
estación, es la 69 St. Tiene la esperanza de que entre un policía
y pare el ataque, pero no entra nadie. Están las puertas abiertas.
Leo finta lanzar la raqueta a la ventana del lado derecho, sin
embargo, jala a Ed hacia la izquierda, y alcanzan a huir antes de
que cierren las puertas. Sólo dos de los atacantes logran salir del
vagón, tropiezan cuando las puertas les golpean los pies mientras
Ed y Leo huyen.

La estación está vacía y casi oscura. En los alrededores se ven casas viejas, sucias y llenas de grafiti. Huele a orina. La poca luz de la estación es de color amarillo. Ed dice que no aguanta el dolor en las costillas, su rostro está lleno de sangre. Leo tiene los dos ojos hinchados, apenas y puede ver; además, se resiente de una patada en los testículos. Van jadeando, trotando de forma descompuesta. Se dan cuenta de que los persiguen dos chilenos. Ya no tienen fuerza para gritar ni pedir ayuda. Bajan por unas escaleras metálicas que llevan a la calle. A mitad de la escalera, justo donde hay un descanso, Leo siente un empujón en la nuca. El golpe lo lanza hacia el frente, pega su cintura con el barandal y su cuerpo sale volando hacia el precipicio. Ed y los dos atacantes se asoman de inmediato hacia abajo, alcanzan a ver cuando Leo se va levantando del asfalto y un taxi llega repentinamente atropellándolo de forma violenta.

Los atacantes chilenos dudan qué hacer, y deciden correr hacia arriba y se pierden. Ed baja tan rápido como puede. Llora; lo hace por dolor físico, pero también por lo que acaba de ver y por el miedo de lo que sigue. Grita desconcertado. Pide ayuda, sin embargo, no hay nadie alrededor. Piensa en cómo puede cambiar la vida tan rápido; de normal a extraordinaria y luego a una tragedia en tan sólo minutos. Imagina todas las cosas que pudieron haber hecho de otra forma. Se cuestiona qué sería diferente si no hubieran tomado tanto. Va jadeando, siente que le falta aire. Llorar le duele. Aún le quedan algunos escalones por bajar cuando nota que el taxi escapa. Tiene a unos metros el cuerpo inmóvil de su amigo tirado en la calle, y a su lado está intacta la raqueta. Vete a la mierda, coño.

No jodas que no se mueve, que tiene los ojos cerrados, la cara desfigurada y de seguro una pierna quebrada. No creo tanto odio, estos golpes, esta mala suerte después de una buena racha. No me jodas que no contesta. Estoy soñando. Estoy soñando. Estoy soñando. Es imposible que la raqueta está intacta. No soporto ver su cara manchada de negro o morado. No puedo creer que no hay nadie alrededor. Ed tiene miedo de desmayarse del dolor o del miedo. Toma su celular, marca al 911. Alcanza a ver entre una pared y un foco el nombre de la estación en la que están y logra pasar la ubicación a la operadora quien se da cuenta que Ed está en estado de shock. Lo distrae con preguntas, le pide que le describa el lugar, le asegura que en unos minutos llegará una patrulla, le pide que esté atento a escuchar el sonido de la sirena. Es una mierda que el lugar esté tan sólo. Que se vaya a la mierda todo este día. Piensa en su padre y en su amigo. Espera que existan cámaras en la estación y que hayan captado lo que les hicieron. No jodas, todo por una raqueta. Todo por cuatro millones y medio de dólares. Que se vaya al carajo el puto dinero de mierda. Piensa en la familia de Leo. No se imagina dándoles la noticia de una tragedia. Le preocupa que la policía lo vaya a incriminar a él. Debería hablarle al resto de los amigos del pub. Ya casi no tiene batería, malditos celulares de mierda. Leo sigue inmóvil. Ed le habla, lo mueve un poco, sin embargo, no reacciona. Ed se clava las uñas de los dedos en sus antebrazos para causarse un dolor que lo mantenga despierto; se pregunta por qué tiene tanto sueño cuando debería estar alerta y lleno de adrenalina. Escucha el sonido de unas sirenas y con esfuerzo suspira. Le da una palmada en el brazo a su amigo, voltea a ver la raqueta y esboza una sonrisa.

29.

Leo despierta y se da cuenta de que está en un hospital. Tiene enyesada su pierna derecha y su brazo izquierdo, así como vendajes en la cara y el pecho. Despacio mueve su brazo derecho y descubre que no puede mover sus dedos. Intenta tocar su rostro y se da cuenta que está hinchado. Sospecha que ya no podrá tocar la guitarra. Trata de gritar y no le sale la voz. Cree que ya no podrá cantar. Varios artefactos están conectados a su cuerpo. La habitación tiene las paredes grises. Hay una pequeña ventana por la que entra muy poca luz. Se escuchan a lo lejos sirenas. Le duele todo el cuerpo, en especial las costillas al respirar. Empieza a recordar de forma vaga lo que sucedió antes de que lo atropellaran. Se acuerda de la caída: por suerte cayó parado; por desgracia lo hizo en la calle, justo en el camino de un taxi. No mames. Recuerda la raqueta y a Ed. Se agita. Una máquina atrás de él pita a un ritmo acelerado. Empieza a gritar lo más fuerte que puede, lo cual no es mucho. Se agota. Gime. Se mueve un poco sobre la cama. No hay nada en la habitación más que una silla vieja de aluminio. Pasan más de diez minutos y por fin llega una enfermera. Vaya, suerte brutal, papi. ¿Puertorriqueña? Claro, papi. ¿Suerte por ti o porque estoy vivo? Mira cariño, jodido y como quiera bromeas. Me refería a tu suerte de haber sobrevivido. Cuenta la historia que te arrolló un taxi, que huías de una gran golpiza. Típica historia de la ciudad. ¿Y qué más se cuenta? ¿Algo más en especial? Mmm…no, cariño; sólo eso. ¿Alguna noticia de mi amigo? Ah, ese tuvo más suerte que tú. Sólo lo atendieron unas horas y se fue del hospital esa misma noche. ¿Y no vino nunca aquí? Sólo una vez, me dejó su número de teléfono. Le marcaré para avisarle que ya despertaste.

¿Leo? ¿Leeeo? ¡Leo, hombre! Con mucho esfuerzo Leo despierta y ve a Ed. Con voz baja le dice algunas maldiciones en tono de saludo. Ya deja de fingir, ¿no? Eres un hombre exagerado; no fue para tanto. Leo sonríe. ¿Quién supo de todo este pedo? ¿Cuál pedo? Aay, no mames, pinche Ed. Me duele el pecho cuando hablo, no me chingues. ¿Cuántas noches llevo aquí? Tres. ¿Y mi vuelo de regreso a Monterrey? Era ayer. ¿Y nadie de allá habló para preguntar por mí? No. ¿Tú tienes mi celular? Sí. No me sé tu password, no han entrado llamadas. ¿Ed? Eh. Ven, acércate. No. ¿Por qué no? Tengo que decirte algo. No quiero hablar de eso. ¡No mames, Ed!; gime Leo. ¿Qué, coño? ¿La raqueta, cabrón? ¿Qué raqueta? Hay, no mames, eres un puñetas. ¿Mira tú, no estarás alucinando? No me jodas, imbécil. Espero que no la tengan los pinches chilenos ni el que me atropelló. Dime por favor qué pasa. Yo la tengo. ¿En serio? Sí, eres un loco puñetero. ¿Dónde está? La fui a dejar a tu depa, no quiero más mierdero; ahí la dejé abajo de tu colchón. ¿En serio? Te mamaste con tu pinche escondite de película antigua. Ed está serio. ¿Qué pasa? ¿Estoy muy jodido? ¿Me voy a morir? ¿No podré caminar o mover las manos? ¿No podré volver a tocar? Ya papi, no seas exagerado. No, no. No es por ahí el problema. ¿Entonces qué pasa? La cosa esta fea. Anoche salió en los noticieros que hubo una amenaza de bomba justo en la estación del metro en que nos bajamos huyendo, la 69 St. Hay un rumor de que es un grupo extremista chileno el que está amenazando. No seas mamón. Sí, pana. Al parecer dejaron unos mensajes en esa estación, la policía los recogió y no los ha hecho públicos. Así que se armó un gran desmadre, quilombo o como madres digan los mexicanos a este crical. Todo por no querer regresar la fucking racket. ¿Qué te pasa, pendejo? ¿Qué tiene que ver la amenaza con esto? Cuando nos enteramos de la recompensa fue en el metro y ahí nos agarraron a chingazos, no nos dieron oportunidad de nada. ¿En verdad tienes la raqueta? Sí, está en tu depa. ¿Le pasó algo? Está como nueva. ¿Nico aún ofrece la recompensa por la raqueta? No sé, ya no supe nada de eso. Hoy vi que hay dos subastas en Ebay que aseguran tenerla. ¿Y si ya nos quitamos de pedos y se la regresamos a Nico, y listo? Total, nos arriesgamos a que no nos dé el dinero, si eso pasa armamos un escándalo. No es tan fácil, Leo, hay otro crical muy grande. ¿Qué? Los que pusieron la amenaza de bomba, quieren la raqueta. No mames. Ajá. No mames. Sí, cabrón. Eres un pinche bromista de mierda. No es broma, pendejo. Así que pronto te encontrarán aquí o los cops o los de la amenaza. ¿Y qué me dan si les entrego la raqueta a los de la amenaza? Jaaa, nada chico, a ti nada; sólo no ponen la bomba. ¡No mames! ¡No puede ser! ¡Es puro pedo! No sabemos. ¿Es broma tuya? No, mi rey, ya te dije que no, esto es la pura verdad. ¡Yo no me robé la raqueta, Ed! Yo ni brinqué por ella. Yo sé. Yo estaba sentado porque estaba bien pedo, y la raqueta cayó frente a mí. Después, ni tú ni yo supimos que el pinche tenista había ofrecido una recompensa, hasta que íbamos en el metro.

Sí, cabroncito, nada más que, antes de que hiciera el ofrecimiento, antes de subirnos al metro, tú ya te habías negado a regresársela; luego, en el vagón, cuando supimos del dinero, dijiste que no se la ibas a regresar porque era puro pedo la recompensa. ¡Fue mi primera reacción! ¡Estaba echando desmadre! ¡Andaba pedo! Me emocioné al ver la cantidad de dinero, quise pegarle a la mamada, pero sólo por esos instantes. A huevo que se la iba a regresar a Nico. Con esa cantidad de dinero arreglo mi vida sin pedos. Hasta pongo un bar, una disquera, un estudio o cualquier chingadera, o tiro hueva de por vida. No es para tanto; sí es mucho dinero, aunque no para tanto. Bueno, a mí sí me arreglaría mi vida. Me dedicaría de lleno a la música. Compraría una casa chingonsísima. Adiós Monterrey. A la chingada mi jefe, que se vaya a la mierda. Sin pedos de nada.

Leo, mi pana, yo me llevé tu cartera ese día, te la quité antes de que te subieran a la ambulancia. Y cuando vine a verte después de que me dieron de alta, sólo dejé mi número, no tardan en pedirte toda tu información. No sé qué vas a querer decir. No chingues, yo tampoco sé. ¿Cuento todo? ¿No digo nada? ¿Qué tan fuerte está el rumor de esa amenaza? Pues, aparece en noticieros que aman las notas rojas y el chisme; todos esos programas mierda sí le han dado seguimiento; en los medios importantes si acaso lo publicaron una vez. ¿Y Nico y los organizadores del torneo? Nada. Güey, a todo esto, ¿voy a poder caminar y mover mi brazo, dedos y todo lo jodido que estoy? Dicen que sí. Le pregunté a la enfermera. Dice que te recuperarás bien con el tiempo. ¡Vámonos! ¡Sácame de aquí! No tengo papeles, cabrón. No tengo dinero para pagar este desmadre. ¿Qué se hace en estos casos? Muestra tu visa de turista, sin pedos. ¿Tienes tu I-94 de la última vez que regresaste? Sí ¿Está vigente? Creo, quizá está por vencer, fue hace como seis meses la última vez que regresé. ¿Y el pago? No tengo seguro. ¿No tienes aseguranza? Pinche Ed, no hables como pocho. No, no tengo ni madres.

Entra la enfermera, revisa los aparatos, le toma la temperatura, inyecta algo a las mangueras que están conectadas a la muñeca. Leo pide agua. Sólo le moja los labios un poco con un algodón. Tendrá que esperar unas horas más para tomar. Muchas más para intentar subirse a una silla de ruedas o para poder mover sus manos de forma normal. Al menos ya no siente tanto dolor. Imagina la cantidad de medicina que le han de estar pasando.

Mantente fiel a tu corazón.

Carlos Santana

30.

Dos días después, Ed llega con buenas noticias. Mañana sales, Leo. ¿Qué vas a hacer? No sé; dime tú, ¿qué se dice del rumor ese de la amenaza de bomba? Pues sigue igual: rumores en internet, que un grupo, que el otro, los noticieros que te dije. ¿No has dormido por el temor de que vengan a joderte en cualquier momento? Sí he dormido, no tuve esos miedos, no soy tan dramático como tú. Yo creo que es la medicina que me dan que me tiene apendejado. ¿Sigue la recompensa de Nico? La quitaron dos días, al parecer por recomendaciones de la policía cuando detectaron que podía estar todo ligado. Sin embargo, anoche volvieron a ofrecerla. Parece que Nico está terco en recuperar su raqueta. Pues entonces sin pedo, a regresársela y cobramos la recompensa, sin problema, ¿no? Pues, parece que sí. El único problema sería que la amenaza del grupo extremista fuera real, y que al enterarse que regresaste la raqueta a Nico: o cumpla la amenaza de la bomba o te busque, te de una golpiza y además te quite el dinero de la recompensa, ¿no? No mames, Ed. ¿Al chile, así de complicado? Parece. Parece que sí. Todo por el puto dinero. No mames, tan memorable que había sido esa noche con el juegazo de Nico.

Piensa, cabrón. No mames, cabrón. No puedo pensar más que eso. Ando todo cagado, cuidándote, cubriéndote, recuperándome de mis golpes y heridas; a mí también me jodieron. Estoy tratando de mantener la historia callada. No sé. Yo también estoy confundido. Imagina cómo sería si ponen la bomba y hay víctimas. Toda tu vida cargarías con esa culpa, ¿no? ¡Güey! Pero no sabemos si en realidad esa amenaza está ligada a este evento de la raqueta. Pues no sabemos, ese es el problema. Hay rumores, y si son verdaderos, piensa en el mierdero que sería tu vida. Además, a lo mejor te metes en problemas con la ley, ¿no? Quizá te conviertes en algún tipo de cómplice que pudo haber evitado la tragedia. Imagina el resto de tu vida preso, y cargando con el peso moral de la muerte de las víctimas. No mames, Ed. Me caga cuando te pones así de dramático y pesimista. Así es la realidad, pana. Capaz que lo mejor es que vayas con la policía y le cuentes todo, y les des a ellos la raqueta y ya te quitas de problemas. Paz, paz para todos. ¡No mames! Qué pinche joto. Pinche solución tan maricona. Me van a preguntar por qué llevo tanto tiempo aquí viviendo con visa de turista, me van a deportar, se van a quedar ellos con la recompensa, van a empinar mi imagen. ¿Cuál imagen? Jaa. Si yo soy dramático, tú eres hiperexagerado. Yo se la entregaría a la policía y me quitaría de problemas, ya les pasas a ellos la responsabilidad de todo. Peace out. Pues yo no. No quiero perder esta oportunidad del dinero. Es como ganarme la lotería y tirar al pinche río el boleto, ¡No mames, Ed! Bueno, hombre, tú me estás pidiendo ideas, estoy tratando de darte una buena. Okey, entonces ahora imagina que entregas la raqueta a Nico, cobras la recompensa, pero siempre te sientes observado, toda tu vida, como si alguien te vigilara a lo lejos cada segundo, twentyfour seven, con miedo de que te pase algo, con el temor de, en cualquier momento, encontrarte con la noticia de que: ¡puuuum!, algún grupo extraño detonó una bomba en la estación 69 St. del metro, ¿no? No sé. No sé si tú estás exagerando o a mí me está valiendo madre. Han de ser las medicinas que me están apendejando. ¿Por qué no salimos, nos vamos al pub con todos, nos tomamos unas cervezas, que nos dé el aire en la cara y analizamos las opciones? Mmm… no sé. Creo que entre menos personas se enteren y más rápido tomes la decisión, será mejor. Pinche, Ed. Te encanta el drama. Es la verdad, hombre. Estás metido en un gran mierdero. Es tu raqueta, tú la atrapaste. Yo la guardé porque me dio bronca que los chilenos te la quisieran quitar así, pero ya no me metas en tus decisiones. Yo no quiero ni un centavo de ese dinero. Yo no quiero tener nada que ver con ese desmadre. Pues gracias, pinche Ed. Algo te va a tocar, vas a disfrutar la pinche mansión que voy a comprar, todo un piso de la casa convertido en cuarto de juegos y bar. Yo no pienso desaprovechar esta oportunidad. Es mi lotería. Además, insisto, no hice nada malo para tenerlo. Aceptar lo que este grupo está diciendo es fomentar la violencia, ¿no? ¿No se supone que nunca se debe de negociar con criminales? No sé, es tu problema. No puedo pensar bien, pinche Ed. Estoy todo adolorido. Además, ya me estás asustando; así no puedo razonar. A ver, ¿cuántas amenazas de bomba hay al día en esta ciudad? No sé. No mames, Ed. Googléalo. No señor, ya me voy.

Ya me entró más miedo. Creo que entiendo lo grande de este pinche desmadre. O quizá tengo menos medicamentos. Estoy asustado. No me dejes solo, pinche Ed. No que yo era el que hacía mucho pedo. Además, no me jodas, hombre, ¿qué quieres, que duerma en esa pinche silla vieja? Si no te ha pasado nada en las noches previas, no te va a pasar nada en ésta. Piensa qué carajos vas a hacer. Nos vemos mañana. Ed se retira.

Pasan algunas horas. El ruido de las sirenas no para. Son las tres de la mañana. Al menos ahora tiene el celular para soportar el tiempo, aunque no tiene humor de ver nada, ni de investigar, ni de planear. Ni siquiera quiere detenerse a pensar en lo desagradable que está el hospital, o lo pinche que se siente que nadie de su familia se preocupe por él. Quizá moría y nadie se hubiera enterado. Quién sabe cuántos días hubieran pasado para que la noticia llegara a sus padres. Obvio se enterarían por alguna iniciativa de sus amigos. Pudo haber muerto esa noche, la cual parecía ser perfecta. Había empezado como una buena tarde entre amigos, luego se convirtió en una noche deportiva histórica, después el desmadre, la camaradería latina, los festejos. Luego la suerte de que le cayera la raqueta frente a él; tan emocionado que estaba porque nunca se gana nada en ninguna rifa. La risa y emoción gracias al alcohol, el sentimiento de una travesura al salir del estadio con la raqueta escondida, luego descubrir en el celular la noticia de la recompensa, y, de pronto, ¡madres! Golpes, violencia y casi la muerte. Así, de la pinche nada. Se pregunta con melancolía qué hubiera dejado a este mundo. Y llora al reconocer que no ha aportado nada, ni una sola pinche canción buena. Nada de su música trascendería. Ni una descendencia, ninguna señal de amor. Son las tres de la mañana, a esta hora todo parece ser más oscuro. Leo llora duro, con sentimiento, jalando mucho aire, asume que es por las medicinas. En el fondo, reconoce que en realidad está triste. No puede recordar la última ocasión en que lloró así, como esta noche que está solo, en este pinche cuarto gris de un hospital del cual no sabe el nombre, y apenas se acuerda que Ed le dijo que es uno que está en Queens.

31.

Leo llora porque sabe que su existencia ha sido triste. Le tiembla el pecho cuando su celular timbra fuerte. Entra una llamada, se sorprende al leer en la pantalla: *Raquel.* Leo llora aún más. Es una llamada de FaceTime. Berrea. Jala mocos. Se talla la nariz con el dorso de su mano, descubre que ya no trae el vendaje. No se le había ocurrido verse en un espejo. Palpa su cara hinchada y distorsionada. Apenas puede abrir los ojos. El celular sigue sonando. Se pregunta por qué lo llama después de tanto tiempo. No han vuelto a hablar desde aquella noche de la entrega fallida del anillo. ¿Por qué ahora en plena madrugada? Duda en contestar. Se extraña de la emoción que siente al ver ese nombre en la pantalla. Se asombra por la forma en que llora. Después de más de diez timbres se corta la llamada. En ese instante se arrepiente de no haber contestado. Se le tensa el cuello del coraje y se da cuenta de lo genial que hubiera sido hablar con Raquel. Acepta que no tiene el valor de marcarle cuando de nuevo suena el teléfono, es ella. Toma aire, y después del tercer timbre contesta. En lo que se carga la imagen, intenta hacer cuentas de cuánto tiempo tiene sin verla. Al instante capta lo estúpido de su duda: es fácil, son los cuatro años que lleva en Nueva York.

Empieza a cargar la imagen, poco a poco se va formando esa silueta de la hermosa Raquel. Parece que su imagen brillara. La encuentra aún más bella que como la recordaba. Le han caído excelente estos cuatro años. Se ve más madura, con el cuerpo más fuerte, delgada como siempre. ¡Diiioooosss miiiío!, ¿qué te ha pasado, Leo? Dios mío, esos labios, piensa Leo. Siente cómo una zona en su memoria se rinde y empiezan a caerse los muros, y romperse las cadenas donde escondía todos los recuerdos de ella. Esa trompa parada. Esos labios gruesos. La forma en que, sin quererlo, hacía diferentes pucheros que lo volvían loco. Su mirada tan calmada y tan profunda. Su piel, por Dios, y por todos los universos, su piel. Sus pómulos marcados, su barbilla delgada. ¿Leo, estás bien?, dice lento con un volumen bajo, como si hacerlo fuerte y rápido pudiera causar algún daño. Leo tiene la boca abierta, su mente viaja a la noche del anillo. No encuentra motivos para explicarse, justificarse o perdonarse a sí mismo por la gigantesca pendejada que hizo. Le arde todo el cuerpo de coraje; siente como si llevara ácido en sus venas. No entiende cómo la pudo dejar ir y, además, jamás haber intentado recuperarla. Por pena o miedo. Por pendejo. Por pinche puñetas. Piensa en lo diferente que hubiera sido su vida estos años, lo que hubiera sido amanecer todos los días a su lado, vivir con esa mujer tan espectacular, la cual creyó haber olvidado, y de quien ahora tiene únicamente una imagen electrónica; pixeles en su celular. Daría lo que fuera por tan sólo tocarle su mano, sin embargo, obvio, ni siquiera eso es posible. ¿Leo, estás bien? Repite muy lento, con ese acento tan especial que Raquel siempre ha tenido. Leo no puede emitir ningún sonido. Está bloqueado. Se le pierden las palabras, la ideas, la razón. ¿Cómo puede ser posible que esté aún más hermosa que hace unos años? ¿No va a parar nunca de aumentar su belleza, o qué? ¿Leeeooo? Una parte de él se reclama, ¿cómo pudiste ser tan gigantescamente hiperpendejo para dejar a esta mujer? ¡¿Cómo, imbécil?! No tiene palabras para contestarse. Gime. ¿No puedes hablar? Leo asiente, entonces Raquel entiende un poco la situación. Está acostumbrada a causar reacciones extrañas en los hombres, así es su vida; es alguien imposible de ignorar. No puedes evitar ser tocado por ella de alguna forma. Hola, por fin dice Leo. ¿Estás bien? Leo contesta con una pregunta, mientras varias lágrimas huyen de sus ojos: ¿Me perdonas? Leo, Leo, Leo. Ya pasó mucho tiempo ¿Estás bien tú? Leo insiste, ¿me perdonas?, mientras se le quiebra la voz. Sí, Leo, tranquilo ya pasó mucho tiempo; ya te perdoné. Pero Leo sigue repitiéndose en su mente: Fui un pendejo. Fui un pendejo. Fui un pendejo. Fui un pendejo. Fui un pendejo. Fui un pendejo. Fui un pendejo. Fui un pendejo. Fui un pendejo. Fui un pendejo. Fui un pendejo. Fui un pendejo. ¿Estás bien? Asiente Leo, mientras sigue con su reclamo y su arrepentimiento interno. Fui un pendejo. Fui un pendejo. Fui un pendejo.

Crea una imagen mental de cómo hubiera sido amanecer con ella estos cuatro años; besándola, tocándola, teniéndola. Como si pasaran fotografías frente a sus ojos. Intenta multiplicar trescientos sesenta y cinco días por estos cuatro años, y no logra dar con el resultado de esa multiplicación. El caso es que pasan por su mente cientos de imágenes de lo que sería una vida cotidiana con ella. Y ahora sí, rompe en un llanto abierto, fuerte, ruidoso, con arrepentimiento, con dolor. Olvida las lesiones en su cuerpo y su preocupación sobre la situación de la raqueta. Ignora el desconsuelo de sentirse olvidado por su familia y el de no haber dejado algún legado en este mundo. Relega la vergüenza de llorar frente a ella. Olvida todo, porque no puede con el dolor que tiene de haberla perdido. Alguien tan perfecta que parecía haber sido hecha a su medida. Así, perfecta, esa es la única palabra que le hace algo de justicia a ella. Perfecta. ¡Leo! ¿Estás bien, te pasa algo? No puede contestar porque está en un trance de llantos y berridos. Llora con todas las fuerzas que puede. Raquel entiende, siempre lo hace. Comprende por qué llora y sabe que no podrá detenerlo. Lo mira de forma suave y tierna. Deja pasar unos minutos. Se le acaban, al menos de momento, las lágrimas y los mocos a Leo.

¿Tu cuerpo está bien? ¿Te golpeaste la cabeza? Tarda varios segundos en decir que todo está bien. Muchos golpes, una pierna, un brazo y tres costillas fracturadas. Quizá requiera cirugía. La cadera fisurada y desfasada. La cabeza está bien. Mientras dice lo último, piensa que perder la memoria hubiera sido algo bueno. Que con la atropellada empezara todo de nuevo. Pero no es así, y aquí tiene a sus errores y a sus recuerdos molestándolo, reclamándole. Y la tiene a ella en una pequeña pantalla, sólo en pixeles, y deseando que estuviera acurrucada con él en esa vieja cama de hospital. ¿Se te ofrece algo? ¿Te puedo ayudar con algo? Uyyy, chingado, piensa Leo. Tanto que pudiera contestar, y todo eso lo tiene que callar. Todo bien. Todo bien, Raquel. Vuelve un poco, muy poco, el típico orgullo de Leo, ese que siempre le ha causado problemas cuando alguien intenta ayudarlo. No le digas nada a mis padres. Ella asiente. Es prudente, educada. Lista. Chingado, cientos de páginas se pudieran llenar de todos sus atributos. ¿Qué se te ofrece? Nada, todo bien. Mañana salgo, afuera veré cómo resuelvo todo. Ya me iba a regresar a Monterrey y surgió esto. ¿Por qué me llamaste? Te vi en Facebook. De pronto empecé a saber cosas de ti. Hace unos días saliste en las noticias, era un video donde se ven dos aficionados que atraparon la raqueta del tenista que ganó el US Open. En el club platicaron de eso por días, de hecho, mientras ahí veían la final y la premiación del torneo, alguien te identificó y puso en redes sociales un video en donde sales tú y otro hombre festejando con la raqueta. Y ahí paró todo. No supe más, hasta hoy por la tarde que me enteré de que estabas grave en el hospital, al menos así me llegó la noticia. Ya sabes, Facebook, chismes, mensajes, chats de Whatsapp, no sé ni de dónde, el caso es que me llegó.

¿Qué te pasó? ¿Estás grave? ¿Vas a poder tocar de nuevo? ¿Qué me pasó? No mames, me pasó de todo. Tan increíble como una película o como ganarme la lotería sin haber comprado boleto. Era mi último viernes aquí en Nueva York, y Ed, un amigo de Puerto Rico, me invitó al tenis, al US Open. La verdad, yo ni siquiera sabía que era la final, mucho menos quiénes jugaban. Total que, decidí acompañarlo. Le habían regalado los boletos, y el otro plan no me latía porque era ir a ver a David Guetta al Madison Square Garden. En el estadio la pasamos genial; eran unos asientos espectaculares, tomamos muchas cervezas, el partido duró más de cinco horas. Al parecer fue una tarde histórica para el tenis; el que quedó campeón era un jugador juvenil de Chile, y le ganó al número uno del mundo. La verdad la pasamos muy bien. Al final, en los festejos, el jugador chileno estaba aventando al público sus cosas. El caso es que se juntó un grupo de personas alrededor de nosotros porque nuestros lugares estaban muy cerca de las bancas de los jugadores. Yo ni brinqué, no supe que el chileno había aventado la raqueta, ya andaba medio pedo. Estaba en mi asiento en medio del tumulto y frente a mí aterrizó la raqueta, estiré mis brazos y la tomé. Después Ed, mi amigo, me dijo que mejor nos fuéramos. Nos fuimos, calmados, y en algún momento la escondí abajo de mi camisa, hasta que llegamos al vagón del metro. Ahí Ed vio en su celular la noticia de que el jugador chileno había ofrecido, como recompensa millonaria, a cambio de recuperar su raqueta, todo el dinero que había ganado al quedar campeón. Apenas nos enteramos de eso, cuando unos aficionados chilenos se acercaron; sin decir nada nos empezaron a golpear porque nos identificaron, vieron que traía la raqueta y nos la querían quitar. ¡No puede ser! Ajá. Nos estaban poniendo una madriza brutal. Huimos en una estación cuando el metro se paró, dos cabrones nos persiguieron. Iba bajando la escalera de esa estación, cuando un hijo de la chingada me empujó por la espalda y salí volando sobre el barandal hacia la calle. Me acuerdo que giré varias veces; hubo un momento que iba cayendo con la cabeza hacia abajo. Pensé que ahí iba a valer madre todo. Ve tú a saber por qué caí parado en el piso. Bueno, al menos con los pies primero. Apenas me estaba enderezando cuando capté que estaba sobre la calle; en ese momento vi cómo las luces de un auto iluminaban mi cuerpo. Escuché el ruido de un claxon desesperado, y después el tronido de muchos de mis huesos. Vi luces, polvo, cosas volando, todo en cámara lenta. Y, de pronto, todo oscuro.

Después desperté en esta cama. Vino mi amigo Ed a buscarme y pues ya, eso me pasó. Golpes por todos lados, una pierna, un brazo, las costillas, la cadera… ya te dije todos mis daños. Qué bueno que estás bien, Leo. Te salvaste. Ya sé. Te vas a recuperar bien de tus lesiones, ¿verdad? Eso dicen, que volveré a tener movimiento normal en mi brazo y que caminaré sin problema. Y que los dolores con el tiempo desaparecerán. Qué bien. Dijiste que ya te ibas a regresar a Monterrey, ¿es cierto? Pues sí. Acá se complicó todo, mi padre se puso más loco que de costumbre, el medio está super competido, miles tras el mismo sueño, tengo años de no poder escribir buena música, nada me ha fluido, no encontré el acorde perfecto y pues ya, valió madres, ni modo. Tenía razón el pinche viejo, me la he vivido fallando. Aunque ahora con todo esto que me acaba de pasar, no sé qué vaya a cambiar de mis planes. ¿Por qué? Pues estoy metido en un desmadre. Resulta que la recompensa por la raqueta sigue, son cuatro millones y medio de dólares. ¡Dios! Y resulta que sigo teniendo la raqueta. ¡¿Que qué?! Ajá. ¡No puede ser! Sí. Los que me perseguían huyeron al verme caer. Mi amigo Ed la escondió y la llevó a mi departamento. Ahí está ahorita, abajo de mi colchón. ¡No lo puedo creer! ¡Qué bien! Se emociona Raquel ¡Pues, ve y canjéala! No es tan fácil. Hay un rumor de una amenaza de bomba de parte de un grupo extremista, al parecer chileno, justo en la estación del metro donde huimos. Dicen que está ligado a este desmadre. Quieren la raqueta. Todo está confuso. Me cuenta Ed que la policía ya intervino, que el tenista quitó la recompensa por unos días. Que al parecer en esta ciudad siempre hay amenazas de bomba. No sé qué hacer. Quiero el dinero, y más ahora después de este desmadre. Yo no hice nada malo. No ataqué ni chantajeé a nadie. No me robé la raqueta. Soy el real merecedor de la recompensa que el chileno ofreció. ¿Por qué ofreció tanto dinero? Porque se arrepintió, dijo que esa raqueta se la regaló su madre. Al parecer a ella le quedan pocos días de vida y a este cabrón le entró un arrepentimiento de la chingada, y quiere tener ese recuerdo. Además, es un gran souvenir y recuerdo para él; es nada más y nada menos la raqueta con la que ganó el US Open contra el mejor del mundo. Pero yo no tengo nada de culpa, y mira todo lo que me ha pasado a mí. En teoría, ya para estos días debería estar en Monterrey, llevándome la chingada y lo que gustes y mandes, y ahora resulta que estoy aquí metido en este hospital de mierda, bajo una supuesta amenaza de un grupo extremista que también quiere la raqueta. Un desmadre, Raquel. Tranquilo. Todo pasa. Todo se va a acomodar bien. Tú tranquilo. Avísame por favor en qué te puedo ayudar. Tú no te preocupes.

Platican un poco más de los últimos eventos. Leo se anima a preguntarle por su vida, sin embargo, Raquel no da mucha información. Tampoco hablan del pasado, aunque a Leo le hubiera gustado. Hablan de lo increíble de la recompensa, de cómo pueden pasar tantas cosas en unas cuantas horas, y de lo sorprendente y positivo de que, a final de cuentas, haya sobrevivido a una golpiza, persecución, caída y, sobre todo, a una atropellada. Siempre lo bueno: obtener el aprendizaje, así es Raquel. A Leo le gustaría hablar por horas, pero ella pregunta una vez más, con tono de despedida, si puede hacer algo por él. Pinche Raquel; me conoce perfecto, piensa Leo. En cualquier otra situación, toda esta conversación hubiera sido muy diferente. Sin embargo, por todo lo que ha pasado, hoy es así, y por lo mismo se anima a pedirle un consejo: Sí, sí hay algo más: ¿Tú qué harías si estuvieras en esta situación? Como si ella ya supiera que Leo preguntaría eso, mueve lento su cabeza, asintiendo, se acomoda hacia un lado su cabello güero que, para variar, siempre le ha encantado a Leo. ¿Qué haría yo? Bueno, en definitiva, es una encrucijada complicada y repentina. ¿Ves?, se dice Leo a sí mismo: ella es genial. ¡Por Dios! Fui un reverendo pendejo. Creo que yo trataría de resolverlo lo más rápido posible; entre más tiempo pase, la situación se puede complicar por diversos motivos. También le encantaba a Leo cuando ella se ponía seria y formal. No te va a gustar lo que yo haría. Mejor haz lo que te dé paz a ti, lo que te dicte tu cabeza y corazón. Sólo piensa que hay decisiones que arrastramos toda la vida. No mames, piensa Leo. Que no lo diga por nuestro pasado. No lo digo por lo que nosotros vivimos, sino por la situación que tú enfrentas ahora. Al parecer, unos locos te persiguen; van a querer de ti la raqueta o, en dado caso, el dinero que tú obtengas, ¿Ya pensaste en eso? Leo se queda callado y estático. Aquí la tiene frente a él, en la pantalla de su celular, actuando en su máximo esplendor. Simple, calculadora, inteligente y con una voz que excita. Por Dios, piensa Leo: fui un pendejo en dejarla ir. Por favor, dime tú qué harías. Yo creo que lo mejor sería llamarle a un reportero del New York Times, le contaría la historia, le daría la exclusiva y le pediría que me acompañe a las oficinas de los organizadores del torneo, que supongo que es la Asociación de Tenis de Estados Unidos, y les entregaría la raqueta. Sólo que no tomaría la recompensa. ¡No mames, Raquel! Claro, Leo, eso es lo que yo haría, eso sería lo único que me liberaría de cualquier problema o cargo de conciencia en ese momento o en un futuro. Al fin y al cabo, esa tarde antes del torneo no tenías ni la raqueta ni el dinero. Les pediría que me firmen un documento en donde quede registrado que regresé la raqueta y que no quise cobrar la recompensa, que el reportero tome esas pruebas y las publique. Eso sería como mi póliza de seguro para poder vivir tranquila. Si acaso, le pediría una fotografía con el tenista, y su autógrafo, para que me quedara eso de recuerdo. Además, si lo piensas bien, eso es lo más justo. Checa, Leo: ¿a quién, en su sano juicio, se le ocurre ofrecer una recompensa tan grande por una raqueta? En realidad, el jugador es quien merece ese dinero; él lo ganó, y por algún motivo desvarió y ofreció esa recompensa. Imagina la ansiedad que sentía para, en medio de todos sus festejos, hacer un alto y ofrecer todo lo que había ganado por recuperar la raqueta. Yo haría eso, porque así quedaría bien con todos: conmigo misma, con el jugador, con la comunidad, y hasta sacaría de la jugada al supuesto grupo extremista que ya no tendría por qué atacarme. Sin raqueta, sin dinero, sin problemas. Leo baja la cabeza, frustrado. Es fantástico cómo ella resuelve tan fácil todo. Es irreal que sea tan preciosa. Increíble todo lo que ha sucedido. Inconcebible que la haya dejado. Imposible su pinche regreso a Monterrey, a perderse en el escritorio de una puta gerencia administrativa en la empresa de su padre.

Aprieta la quijada, talla los dientes. Cierra los puños. Parpadea tres veces. Siente que le falta el aire. Recuerda todos esos momentos en que se sentía inferior a ella. Sin embargo, ahora quiere su ayuda, de hecho, desea que le brinde una solución. Le molesta no tenerla, y además empezar a lidiar con la posibilidad de que quizá no va a tener la recompensa. La máquina a su espalda aumenta la frecuencia del pitido. Tranquilo, Leo. Se lleva una mano a la cara y le duele. Quiere golpear algo, sin embargo, apenas y se puede mover. Batalla para inhalar. El volumen del pitido se incrementa. Respira más rápido. Siente que le falta aire. Raquel sigue en la pantalla, lo trata de calmar. Leo aprieta la boca, frunce el ceño, aspira lo más profundo que puede y, entre enojo, dolor y, sobre todo, arrepentimiento dice: Gracias, Raquel, y termina la llamada.

32.

A media mañana llega Ed. Trae unos papeles en su mano derecha. Leo sólo pudo dormir una hora; sin embargo, no sé dio cuenta cuando le desconectaron los aparatos. Al lado de su cama hay una silla de ruedas. Ed sonríe. Vamo, pana, que todo va a estar bien. ¡Vámono pa' afuera! Tu brazo, tus piernas, todo tu cuerpo estará bien; en unas semanas vas a estar tocando tu rock and roll. Leo se sorprende con el torbellino de positivismo de su amigo.

Nunca había usado una silla de ruedas. Se siente impotente, vulnerable, como si usarla fuera una declaración pública de la tristeza y el desorden que le ahoga y aturde en estos momentos.

No sabe cómo lo consiguió ni tiene ánimos para preguntar, el caso es que Ed trae un lujoso y enorme Audi color azul marino. Mientras le ayuda a subir al auto, Ed le pregunta: Bueno, hombre, this is it, ¿qué tú vas a querer hacer? ¿Hacia dónde vamos? Leo se acomoda con dolor en el asiento del copiloto. No sé, Ed. Llévame a un café que no conozca, en donde haya poca gente, que tenga unas mesas en el exterior desde donde pueda ver un parque, algo bello que compense las pinches paredes grises que vi estos días en este hospital de mierda. Quiero que me dé el aire en la cara. Necesito platicarte. Y el Audi parte lentamente entre el tráfico de la ciudad.

Están en la mesa del café que Ed eligió. En efecto es una terraza, con vista a un pequeño parque con poco jardín y árboles gigantes. Por la banqueta, pasan de prisa personas vestidas con gabardinas, sacos color café con parches en los codos, vestidos estampados con flores azules. No le interesa preguntar el lugar exacto dónde se encuentran.

Estoy triste, pinche Ed. Me di cuenta de cosas muy cabronas estos días. ¿Qué pasó, pana? ¿De lo que te hicieron en el hospital? ¿De la golpiza? No, no. De eso, no. De mí, güey. De que no he hecho ni madre con mi vida. Si me hubiera muerto esa noche, ¿qué hubiera pasado, Ed? ¡Nada! No hubiera pasado nada. Ni una canción, ni un disco, ningún legado, ningún amor, cero descendencia. Nada. Una pinche existencia sin sentido. Sin trascendencia. Una vida de alguien que nació, creció, se hizo pendejo, murió y no aportó nada. No dejó una chingada. Se le quiebra la voz. No jodas, Leo. A nosotros nos dolería mucho tu partida, dejarías buenos amigos y grandes recuerdos. Además, no te moriste, coño. ¡Aquí estás! Olvida esa noche y dale pa' adelante, a gozar. ¿Tú qué quieres hacer hoy, hombre? No sé. Ese es el pedo, no sé. Me caga que cuando dudo en mis decisiones se me viene la imagen de mi padre, como un fantasma carcajeándose y gritándome: Te lo dije, eres un indeciso, un débil, nunca aprendiste a tomar decisiones correctas. ¡Me súper caga, como si me patearan los huevos! No lo puedo evitar, y me jode porque eso me lleva, a veces, a tomar la decisión que más le molestaría a él, sin analizar qué es lo que me conviene a mí, o decido algo de inmediato o antes de lo que quisiera o necesitara, sólo para probarle que sí puedo decidir rápido, que no soy un débil ni indeciso. No papi, no. Calmado, pana, calmado. Sé más simple, Leo. Tu padre ahorita no sabe nada de ti, ni de tus problemas, ni de tus indecisiones, ni de tus encrucijadas. Ella usó también esa palabra. ¿Quién es ella? Raquel. ¿Raquel? ¿Te habló? Sí, cabrón. Anoche, en plena madrugada. ¿Y? Pues me dio en toda la madre. No jodas, cabrón. Ahora entiendo por qué andas así. No es sólo por eso; ya estaba jodido antes de su llamada. Primero los dolores, luego las medicinas que me daban en el hospital, después el caos de la raqueta, y pues, obvio que su llamada acabó por mandarme a la chingada. Y, sobre todo, es muy claro que lo que me está partiendo la madre es que tengo que regresar a Monterrey de mierda.

¿Se portó comemierda la dama? No, para nada, y quizá eso me parte más la madre. Estaba preciosa, más que antes, más que nunca, no mames, creo que cada día de su vida será más bella. ¿Y qué? Pues me dio en la madre verla. Recordé lo pendejo que fui y que soy. No entiendo, pendejo, por qué chingados la dejé. Fui un hiperpendejo hijo de puta. Ya, ya, ya. ¿Y qué dijo, qué quería? Nada güey, saber si estaba bien. Dijo que se enteraron por el video donde salíamos del estadio con la raqueta, que me reconocieron en el club de allá. Y que, por chismes, mensajes y demás, supo que estaba grave en el hospital. Y ya. Me volvió loco verla, tan hermosa y tan pinche perfecta. Súper inteligente, calmada; como siempre, pendejo. Perfecta, como si la hubieran creado en base a todos mis deseos. Y, pues, eso me dio en toda la madre, de verme yo en una cama de un hospital desconocido, con unas putas paredes grises, casi solo, si no fuera por ti, sin nada, tan lejos de ella. Se me abrieron todas las heridas. Quizá es que nunca te cerraron, pana. Capaz. Y ya, güey; ya no tengo ganas de ni madres. Ya no sé qué pedo. No me da miedo este desmadre de la raqueta, ¿qué pudiera perder? ¿Con qué me chantajean? Total, si me chingan, pues ya me tocaba. Chingue su madre todo. Pero Raquel. Ahora Raquel. ¿Te dijo algo, de ustedes, o qué? No. Ni dijo, ni dio a entender, ni aceptó ninguna indirecta. Sólo quería ver si estaba bien. Güey: esa vieja es una diosa. Sabía del hospital, no de la recompensa ni de la amenaza de bomba; sólo había visto el video. Y, como siempre, fue prudente. Entonces yo tuve que pedirle que me diera un consejo; si no, ella se hubiera quedado callada, respetando mi posición. Le pedí que me dijera qué hubiera hecho ella. Buena idea, Leo; hiciste bien. ¿Y qué dijo? Pues como siempre, hizo un análisis espectacular, simple, inteligente. Y me dio su opinión, la cual, obviamente, es la solución perfecta. Su plan me libera de problemas. El único y grandísimo pinche detalle es que no incluye el dinero: su sugerencia es que le regrese la raqueta a Nico y no cobre la recompensa. Dijo que eso era, a fin de cuentas, lo justo: cada quien tiene lo suyo, y yo me quito de problemas incluyendo la supuesta amenaza. Así todos en paz, dice ella. ¡Wow! Pues sí, si lo vemos desde ese punto de vista, si desistes del dinero te quitas de problemas. Pues sí, güey, pero no es tan fácil. Renunciar al dinero nunca será fácil. Yo sé que no. Tú sabes, cabrón. Esa cantidad de plata, nunca la hemos ganado. No sé si lo hagamos algún día. Digo, yo había soñado que sí la tendría cuando fuera rockstar, pero ya ves cómo me ha ido estos cuatro años. Con esos millones de dólares se resuelve mi vida por completo. Es no tener que depender de mi padre y no regresar a Monterrey. Compraría una casa o un depa chingonsísimo. Sólo estaría preocupado por tocar. Capaz que así, liberado de todo, pueda escribir buena música. Tendría mi propio bar con música en vivo. Música chingona. Y ya, a gozar de la vida. Libre. Dedicado a disfrutar. Hasta te daría una parte. No, no, no. A mí no me metas en tus broncas, hombre. Yo no quiero nada de ese dinero.

Puedo cobrar la recompensa y hacer pública la amenaza de estos pendejos. Así, si me pasa algo, pues al menos ya sabrán quién fue. Pues, sí, pendejo, el problema es que pasarte algo puede ser que te manden a la mierda o que te maten. Que de pronto alguien te dé un empujón en una estación del metro, o que mientras caminas por la banqueta, un auto pase y te atropelle por la espalda, o que mientras comes en un restaurante chino mueras por las gotas de veneno que le pusieron a tu comida, o que alguien entre a tu casa nueva y que, mientras duermes, pum, a la mierda y bye, se acabó la vida de Leo. No mames, Ed. Tú siempre tan trágico, exagerado y miedoso. No, hombre; ahora sí conviene que sea así. Reconozco que exagero y soy un cagado, pero ahora, pana, ahora sí debes considerar que puedes vivir bajo un riesgo constante, ante una mirada continua que te pueda joder cuando quiera. Tienes que pensar que cuando pase la emoción del dinero, es probable que te entre la preocupación y el remordimiento, o, peor aún, el cargo de conciencia por algo que le pase a víctimas inocentes. Suponte que esa mierda de la amenaza sea real, y que truenen una puta bomba en esa estación del metro, y que mueran personas cien por ciento ajenas a este mierdero. Si tú te dices inocente ahorita, imagina esas víctimas. Ajenas por completo a este crical tan pendejo y tan banal de una raqueta, y que vaya siendo cierto y mueran cinco, diez, cuarenta personas, porque a estos pendejos se les ocurra, en realidad, hacer explotar la puta bomba. ¿Podrías vivir con ese dolor, con ese grandísimo cargo de conciencia de la mierda? Leo se queda callado. Imagina, cabrón. Imagina niñas, niños, mujeres, señores que van a trabajar como lo han hecho por años, y que una mañana soleada una bomba les sorprende en la estación del metro que usan cada día, y vuelan cuerpos y sangre, y todo acaba en un silencio extraño, en escombros, y que lo único que escuchan los pocos sobrevivientes es un pillido continuo. No mames, Ed. Sí, coño, sí. Tienes que pensar que es una posibilidad. Por eso, güey, eso puede pasar por cualquier otro motivo, otros pinches locos, un accidente, el destino, sin importar si regreso la raqueta o no. Pues sí, cabrón, pero no quedaría eso en tu conciencia. Haz lo correcto. Regrésasela a Nico, a quien le pertenece, y deshazte de la opción del dinero. Así como dice Raquel. Haz lo correcto.

Se quedan en silencio quince minutos, hasta que Leo se anima a decir algo con tono resignado ¿Y qué, Ed? ¿Así es como acaban las aventuras? ¿Así es como terminan las historias? ¿Así, sin aviso, sin letritas al final? ¿Sin una resolución clara? ¿Irónicamente, sin saber si en realidad es el final? ¿Peor aún, sin saber si hiciste lo correcto? ¿Así es como va a acabar este capítulo mío? No sé, hombre. Mira, desconozco cuándo acaba o empieza algo. Ignoro si está todo cruzado. Pero sí sé que hacer lo correcto siempre será mejor. Es que cobrar la recompensa no necesariamente es incorrecto. Yo no la pedí. Yo no robé la raqueta. Ah, qué la mierda; otra vez lo mismo, coño. De acuerdo, mira tú, cobrar la recompensa no estaría mal; aunque desistir de ella, y darle la raqueta a Nico, sería algo extraordinario. Sería un evento único, de esos que, estoy seguro, pocas personas tienen el valor de hacer. No mames, Ed. No tienes que quedar bien conmigo, ni chantajearme. ¡Es que no sé qué más decir! Ya te dije mi opinión. Capaz que la regresas y al salir te cae un rayo y mueres. O morimos todos. Quizá que regresas a Monterrey y en el avión compones la canción que has buscado toda tu vida y te conviertes en un rockstar. O a lo mejor el avión se cae. Es probable que la amenaza sea falsa, igual que la recompensa, como me dijiste aquella ocasión en el metro. No sé, cabrón, no sé, coño. Capaz que lo mejor de todo esto es que volvió a aparecer Raquel en tu vida. No, no, no, no. Córtale ahí, pinche Ed. No me toques esa música. Córtale el pedo ahí de inmediato. Ok, va, hombre. No me hagas caso. No sé de esta vida, menos de hacer lo correcto o lo incorrecto. Pero sé de errores y remordimientos. Conozco de soledades. Yo también entiendo de amores que se fueron. También comprendo lo que es perseguir sueños, de aferrarte a ellos cuando todos te dicen que eres un pendejo. Aprecio el valor de una amistad y del gozo que se siente entrar el pub y verlos a ustedes, saber que cuento con uno, dos o tres amigos. No creo conocer mucho más que eso. Ignoro cómo acaban las historias y sé que es una mierda ese sentimiento de ver la vida pasar rápido. Los días, los años, las jodidas décadas. De ver todo de prisa. Sé lo que duelen los domingos en la noche cuando me voy a la cama solo. Más que esto, no sé, Leo. No sé de tu Raquel, ni de tus dolores, ni de cómo sería tu regreso a Monterrey. Ignoro de grupos extremistas y de recompensas. Sé que el dinero puede ayudar mucho, pero también lo que puede doler un cargo de conciencia gigante y eterno. No sé más, chico. No sé más.

Pasan diez minutos en silencio. Llévame a regresarle la raqueta a Nico. Chingue su madre. Ed no puede esconder una pequeña sonrisa.

Leo llama a las oficinas de la Asociación de Tenis, los organizadores del torneo. Les dice que en dos horas llevará la raqueta. Pide la presencia de la prensa para ese momento. Advierte que, si no hay prensa no hay entrega, y cuelga.

Leo llama a la aerolínea, confirma que perdió el vuelo porque no se presentó en la fecha indicada. Compra uno nuevo, el cual sale esta misma noche hacia Monterrey.

Ed paga la cuenta y ayuda a su amigo a subir a la silla de ruedas. Recuerda los últimos días de su padre en una silla similar. Ed se siente muy bien, le gustó la charla que tuvieron.

Van en camino rumbo al departamento de Leo; el elegante auto avanza despacio entre el tráfico. ¿Quieres avisarle a alguien? ¿Quieres hacer algo más? Mmm, no. No tengo a quién avisarle. Tomaré la raqueta, mi guitarra, una pinche maleta y me iré a la chingada. ¿Crees que vaya a estar Nico ahí? No sé, el güey vive en California. Supe que se quedó unos días para las típicas fotografías, entrevistas y demás, no sé si aún se encuentre aquí y le vayan a pedir que esté presente. Raquel me dijo que lo único que les pidiera fuera una foto con él y que luego me la firmara, aunque eso me da hueva y vergüenza. Por otro lado, me da curiosidad conocerlo; me gustaría contarle toda la pinche aventura que hemos vivido por el simple hecho de haber agarrado la raqueta. Ni de pedo se la imagina.

No mames, Ed. No había puesto atención en ver cómo cambian las fachadas de los edificios. Como si hubieran sido cons-

truidos en décadas diferentes. No había visto esos negocios, ni
cómo caen los rayos del sol a esta hora. Voy a extrañar bien cabrón Nueva York. ¿No te quieres quedar unos días más? No,
mejor hago todo rápido, si no me va a doler más. Si no me
regreso hoy, luego capaz que me arrepiento y sería más mierda
de la misma.

Llegan al edificio de Leo, quien sube por el pequeño y viejo
elevador en donde apenas cabe de pie. Ed tiene que subir la silla
de ruedas por la escalera, a pesar de eso, llega al piso del departamento de su amigo antes que el elevador. Espera a Leo y lo ayuda. Entran al depa, los recibe un fuerte olor a humedad, como si
hubieran sido meses los que estuvo cerrado el lugar. Leo empieza
a caminar de forma descompuesta; se apoya en diversos muebles,
le duele todo el cuerpo. Se da por vencido al no lograr avanzar
mucho y regresa a la silla. Ed ofrece su ayuda, mientras saca la
famosa raqueta de abajo del colchón. ¿Cuántos recuerdos guarda
esta cama? ¿eh? A como te he visto tantos meses sin conocer a
una mujer, creo que, por mucho, la raqueta será el mejor. Ed la
levanta hacia el techo, como si fuera una antorcha y emite un
grito de emoción. Leo sonríe un poco, y ahora la recibe y la abraza como trofeo. Se le queda viendo, como cuestionándole todo
lo que ha sido capaz de causar. Desde estar involucrada en una
hazaña deportiva, meterse en líos de millones de dólares, amenazas de bomba, hasta ser factor decisivo en el destino de muchas
vidas. Leo se cuestiona si la humanidad está tan loca y tan jodida
para que cosas como ésta, como una simple y pinche raqueta,
pueda causar muertes, ataques o transacciones millonarias. ¿Será
ésta una clara muestra de la decadencia de nuestra sociedad? La

toca, la huele, recuerda la noche del partido y la forma en que Nico se entregó en la cancha, y suspira. Pinche mundo loco.

Por favor, vacía esos dos cajones en una maleta que está en el clóset. Aquella es la guitarra buena. Listo. No quiero más. ¿Y todo lo que dejas? No es mucho, todo te lo regalo. La verdad no es nada. Toma lo que quieras, el resto lo tiras, lo donas, o lo quemas, no vaya a seguir la pinche mala suerte. A Ed se le hace un poco exagerada la reacción de Leo; sin embargo, no lo contradice, no quiere causar un episodio de enojo o de arrepentimiento. Le dice que meterá también a la maleta unos discos y unas libretas con partituras. Allá en Monterrey decides qué hacer con ellos. Ed acepta encargarse de hacer la entrega del departamento al rentero. No te preocupes de nada, Leo. Tú sal bien de este mierdero, yo te apoyo con lo demás.

Salen del depa. De nuevo, Leo batalla para entrar de pie al pequeño elevador. Al fin lo logra; va recargado a una pared y abraza la famosa raqueta. Se toma así una selfie. Ed baja dos veces, la primera ocasión carga la silla de ruedas. Llega abajo antes que el elevador, la deja al lado de la puerta de éste, y regresa arriba. Toma la guitarra y la maleta, baja con prisa. A mitad de las escaleras casi choca con un joven que viste el uniforme de FedEx y lleva varios sobres en sus manos. Cuando Ed llega abajo, se van abriendo las puertas del elevador, ayuda a Leo a subirse a la silla de ruedas, lo acerca a la puerta del edificio y ahí lo deja. En ese momento, el repartidor de FedEx toca la puerta del depa de Leo; obviamente nadie abre. Espera unos segundos mientras mira con ansia la tableta que trae en su mano. Leo está abajo, frente a la puerta de cristal del sucio y pequeño vestíbulo de su edificio; desde ahí ve a su amigo subir la maleta y la guitarra a la cajuela del auto. Ed regresa por Leo. El repartidor toca con desesperación varias veces más en la puerta del departamento de Leo, y escribe algo en su tableta. Ed ayuda a su amigo a subir al auto, guarda la silla de ruedas en la cajuela, sube y arrancan rumbo a las oficinas de la Asociación de Tenis. Frente a la puerta del departamento de Leo, el empleado de FedEx se desespera y, como nadie le abre, avienta por abajo de la puerta un sobre, y se retira con prisa bajando los escalones con brincos rápidos.

El auto para en un semáforo en rojo y Ed le toma una fotografía a Leo, quien sigue con la raqueta en las manos. ¿Crees que Raquel esté orgullosa de mí por esto que estoy haciendo? Por supuesto que sí. Yo también lo estoy.

Llegan a las oficinas, las cuales están en el gran complejo del estadio en donde había sido la final. Recuerdan los amigos esa noche y la ruta que siguieron cuando salieron de ahí; cruzan miradas melancólicas. Más de treinta reporteros bloquean el camino, es tanta la euforia que no les permiten estacionarse. Los rodean. Llegan cuatro policías y con esfuerzo logran crear un espacio para que el auto avance y entre a una zona privada del estacionamiento. Bajan y acceden al edificio por una puerta trasera. Ya adentro los están esperando. Saluda a decenas de empleados quienes les hacen una fila, como de bienvenida. Avanzan de prisa por varios pasillos. Ed empuja con fuerza la silla de ruedas. Leo abraza con firmeza la raqueta. Los pasan a un pequeño auditorio que está lleno de reporteros, cámaras, micrófonos, lámparas, luces, incluso también algunos curiosos. Se escuchan muchas conversaciones, gritos, bullicio y el ruido de los disparos de las cámaras al tomar fotografías. Pasan a Leo a la mesa que está en el frente. Ahí ya lo esperan el presidente y el secretario de la Asociación, quienes visten saco color azul marino y corbata verde. Colocan a Leo en la silla de ruedas, en medio de los dos directivos. El presidente enciende el micrófono, pide orden para poder iniciar. Brinda un pequeño agradecimiento a la prensa por atender de forma tan rápida este repentino llamado. Saluda brevemente a Leo y le cede la palabra. Leo se acerca al micrófono que tiene frente a él, omite el saludo y con voz temblorosa, dice: A ustedes, organizadores, les pido que tomen una hoja y escriban que estoy regresando la raqueta, y que no quiero la recompensa. Suena un alarido de sorpresa. Hay ruido, caos, flashazos, gritos. Los directivos están sorprendidos, levantan sus hombros, se miran entre ellos sin creer lo que acaban de escuchar. Los reporteros gritan, preguntan, hablan, no paran de decir que esto es increíble, otros dicen que Leo es un estúpido, suena el ruido de las cámaras, más flashes iluminan el lugar. Ed está parado en el pasillo lateral del auditorio, atento a cada palabra de su amigo. Por favor háganlo rápido, antes de que me arrepienta. Todos ríen, menos Leo. ¿La quieres ahora? Sí, claro, aquí, ahora, frente a todos. Escríbela a mano, en cualquier papel. El presidente escribe las palabras solicitadas en una hoja que tiene el logotipo del torneo, firma la hoja y se la entrega a Leo. La prensa pide una foto de ese momento, como cuando entregan el gran cheque simbólico a los ganadores de los torneos; aquí es un simple papel con unas cuantas líneas y una firma. Finalmente, Leo entrega muy despacio la raqueta al presidente de la Asociación. Es todo, dice Leo. ¿Algo más?, le pregunta el presidente. Saludos a Nico, gran juego. Directivos y reporteros ríen, uno que otro aplaude. Leo mueve con dificultad la silla al intentar retirarse de la mesa, llega Ed a ayudarle. Se acercan varios reporteros mientras ellos se retiran del lugar. Los dos van diciendo: No hay más comentarios, no hay más comentarios. Tiene un vuelo que tomar; no hay más comentarios.

Los reporteros los esperan en la salida del estacionamiento privado. Ed no detiene el auto y logran escapar. ¿Cómo lo hice? Perfecto. No mames; miles de veces estuve a punto de arrepentirme y decirles que todo era una broma, que sí quería el dinero. Bien, Leo. Bien. Bien hecho. Estoy orgulloso de ti. Raquel también lo estará.

¿Y ahora, qué hacemos? Ya, güey, llévame directo al aeropuerto, ahí yo espero mi vuelo. ¿Seguro? Sí, dale. Se dirigen al aeropuerto. Van en silencio todo el trayecto. Entienden que han hablado muchísimo estos últimos días. Saben que no hay más qué decir. Empiezan a sonar los teléfonos de los dos. Bips, rings, tonos diferentes; parece que fueran máquinas traga monedas de un casino de Las Vegas. Ed va manejando y Leo no quiere ver ni uno solo de los mensajes. Se imagina cómo la noticia va poco a poco expandiéndose por todos lados, o al menos por todo su mundo. Piensa que es un poco irónico que la primera vez que recibe cobertura de medios importantes y que está en televisión nacional sea por este motivo y no por el lanzamiento de un disco o algún concierto.

Llegan al aeropuerto. En el mostrador de la aerolínea, se registra en el vuelo nocturno que lo llevará de regreso a Monterrey. Documenta su maleta y su guitarra. Le asignan un empleado que lo empujará en la silla de ruedas, lo asistirá para pasar seguridad y lo llevará hasta la terminal de donde saldrá su vuelo.

Soy pésimo para las despedidas, pana. Yo igual, pinche Ed. ¿Has contado todas las veces que me has dicho pinche en la última semana? Jaa. Ríen un poco como esforzándose por espantar las emociones y los llantos que sienten a punto de explotar. Ni de pedo las he contado. Te encanta que te diga así. Jaaa. Ed se agacha y se acerca a la silla de ruedas para darle un abrazo descompuesto. Bye, hombre. Bye, pinche Ed. Gracias por todo. Ven pronto a Monterrey. Hoy mismo empiezo a ahorrar. Me despides de la raza del pub, ahí les explicas. Claro. Contestas los mensajes. A huevo. Bye. Adiós.

Leo da una señal con la mano al empleado, quien entiende y empuja la silla rumbo al área de seguridad. Ed no aguanta ver por más tiempo la escena en donde su amigo se retira ayudado por un empleado quien viste con camisa blanca, pantalón negro y chaleco color marrón. Gira y se aleja despacio. Se cuestiona qué sería diferente si Leo hubiera cobrado la recompensa. Se pregunta en dónde estarían en ese momento, dónde y cómo sería el festejo. Imagina una fiesta llena de mujeres hermosas, alcohol, música en vivo tocada por alguna banda muy famosa, todo tipo de excesos y demás imágenes clichés de lo que es un gran festejo en esta sociedad actual. Sigue su caminar lento. No quiere voltear a ver a su amigo. Le urge salir del aeropuerto y sentir el aire fresco proveniente del Hudson. Necesita escapar cuanto antes de ese olor a polvo y a aceite quemado de algún restaurante de comida rápida. Le apremia huir de esa escena cargada de emoción y que en realidad no sabe cómo lidiar. Es una mezcla de alegría, arrepentimiento, enojo y tristeza. No experimenta esa paz que pensó que sentiría en este momento. Aunque esto no es nuevo en él. Últimamente, quizá sean los años, en muchas situaciones no acaba sintiéndose como lo había esperado.

Llega al auto y quiere bloquear todos los recuerdos. Piensa ir en busca de viejos amigos o a saludar a su madre, a quien hace meses que no visita. Ver a gente que no le recuerde a Leo, alguien que no sepa lo que ha vivido estos últimos días. El timbre de su celular no deja de sonar. No tiene el humor ni el valor de verlo. Enciende el auto y siente que el resto de los amigos del pub merecen no una explicación, pero sí, al menos, conocer la historia completa, la verdadera contada directamente por él. Sirve que trata de explicarles el motivo de la partida de su amigo sin despedirse del resto. Se dirige al pub.

Tarda el doble de lo que había planeado. El tráfico de la gran ciudad cada vez está peor. Estaciona el auto a una cuadra. Al caminar divaga y, sin darse cuenta, llega a la entrada del edificio de Leo. Siente un pellizco en el pecho, sabe que sentirá dolor cada vez que vea esa fachada.

Decide regresar al depa de Leo para desconectar los aparatos eléctricos y cerrar las llaves de agua. Otro día volverá a realizar la limpieza. Sube las escaleras muy despacio, está cansado. Estos últimos días han sido agotadores, y aún tiene dolores de la golpiza. Al fin llega al depa. Abre la puerta, y en el piso descubre el sobre de FedEx, el cual parece brillar. Lo toma y se da cuenta de que es para Leo. Al terminar de leer el remitente, el sobre se le cae de la mano. No lo puede creer: *Bruce Springsteen.*

No jodas. Me están jodiendo. Vete a la mierda. No me jodas. No me jodas. ¡No jodas! Se hinca de inmediato, toma de nuevo el sobre; sin pensarlo lo abre. Saca del interior una hermosa hoja gruesa de color hueso. En la parte superior izquierda, en color rojo, aparece la firma de Bruce Springsteen. Lee tan rápido como puede; la emoción provoca que se brinque algunas palabras, las cuales tiene que regresar a leer de nuevo, hasta que entiende y se detiene en la parte que dice:

Con base en tu desempeño en la prueba que realizaste en la ciudad de Nueva York hace dos meses, has sido elegido para ser parte de nuestra banda.
Este es un aviso oficial de que te has convertido en el guitarrista principal de la E. Street Band de Bruce Springsteen para su gira mundial The River Tour 2016.
¡Bienvenido!
Favor de presentarte tan pronto como sea posible en la siguiente dirección en Los Ángeles, California.

No jodas. No me jodas. Exhala muy fuerte. Le tiemblan las manos. Ed toma su celular. Hasta este momento se da cuenta de que se quedó sin batería. Gira, sale rápido del departamento. Ni siquiera se detuvo a buscar un cargador ahí, ni siquiera cerró la puerta. Corre. Aguanta los dolores en las piernas. Baja las escaleras brincando los escalones de tres en tres. Se dirige a su auto. Le lastima el pecho, se da cuenta que no tiene tanta condición como creía. Le duele todo el cuerpo por la golpiza. Llega al auto, conecta el celular al cargador y espera. No mames lo largo que son estos segundos. La pantalla del celular sigue apagada. No se sabe el número de Leo; ni el de nadie. Espera. Espera. Espera. Un minuto después, prende. Busca en los contactos y llama. Un timbre. Dos timbres. Tres timbres. Ignora a qué hora es el vuelo de Leo. Cuatro timbres. ¡Por una mierda, Leonardo! ¡Coño, contesta! Nada. Cuelga. ¡No jodas, Leo! Llama de nuevo. Un timbre. Dos timbres. Nada. ¡Cabrón, contesta! Cuelga. Abre el WhatsApp, ve el contacto de Leo y descubre que su amigo tiene más de treinta minutos de no conectarse. Escribe un mensaje con los dedos tembloroso:

¡Leo!% #Coño!No tevayas.tellegó unaCarta deBruceeSprinstin.

Vuelve a marcar. Uno, dos, tres, cuatro timbres, y de pronto. ¿Hola? ¿Leo? Sí, ¿qué pasa, Ed? ¡Cabrón! Notevayas. LlegóunacartadeBruceSpringsteen,¡dicequehassidoaceptado!ensubandaparasuTour mundial! ¿Qué chingados dijiste? QueteaceptaronenlabandadeBruceSpringsting ¡No mamessss! ¡No! ¡Sí, cabrón! ¿Es neta? ¡Es la pura verdad, cabrón! ¿Es al chile? ¡Es verdad! Con eso no se juega, pinche Ed. ¡No mames! ¡Es verdad, carajo! Mira, mira, espera. Ed le toma una fotografía a la carta con su celular y se la manda por mensaje.

Leo está en la terminal en donde espera su vuelo a Monterrey, el cual lleva dos horas de retraso. Ve la fotografía. Traga saliva. Se mueve en la silla de ruedas, intenta levantarse y casi se cae. Grita algo raro. Batalla para contener el llanto. Se acerca una señora para preguntarle si le puede ayudar en algo, Leo ni se percata. Le implora a Ed que le asegure que es verdad, y su amigo le manda más fotos del sobre y las firmas. Llámales, para que me creas, coño. Ante la posibilidad de que todo sea una pésima broma, el llanto se le corta de forma abrupta. Termina la llamada con Ed. Siente el latido del corazón fuerte y rápido, como patada de caballo. Ve la fotografía de la carta, y, con los dedos temblándole, marca a ese número del estado de California que aparece al pie de la página. Contesta una voz de mujer. Se identifica. La voz le tiembla. Hace un esfuerzo grande para hablar más fuerte. Tienen una conversación, luego la señorita le pide esperar unos momentos. Siente sudor frío en la frente y en sus manos. Se le inflama una vena en el cuello. Pestañea dos veces. Tres gotas de sudor le caen por la sien izquierda. La voz de la mujer regresa y le brinda unas palabras; al escucharlas, Leo sonríe. Grita. Solloza. Se murmura porras a sí mismo. Eres un rockstar, Leo. Siente que viene una tormenta de llanto y ni intenta detenerla. Quisiera correr, brincar y chocar los pies en el aire, y tocar con los puños el techo, no le importa no poder hacerlo en ese momento. Empuja las ruedas de su silla. La hace girar. Siente escalofríos en las manos. Exhala fuerte, como si se le saliera todo el odio en esa bocanada de oxígeno caliente tan cargada de miedos, frustraciones, inseguridades y fracasos. Se siente ligero, libre. Está seguro de que jamás había sentido esta alegría, esta energía; como un fuego en su pecho, como rayos de sol en sus venas. Está seguro de que esto es ser feliz. Llega al mostrador de la terminal del vuelo a Monterrey y, como si desde hace años lo tuviera preparado y siempre hubiera sabido que iba a decir esta frase, mientras sonríe, le dice a la empleada: Quiero cancelar mi vuelo a Monterrey. Necesito cambiarlo para Los Ángeles, California.

Monterrey, México, 30 de noviembre 2017.

Agradecimientos

A ti estimado lector. Gracias por estar aquí, tú provocas todo.

A mi buen amigo Juan Charana, por su asesoría sobre los modismos puertorriqueños.

Al maestro Diego Cavazos, tremendo guitarrista, por apoyarme con tecnicismos y datos sobre la industria del rock and roll.

A Alejandro Villarreal Díaz, por brindarme información musical.

A Luis Lauro González Martínez, por su información acerca de la ciudad de Nueva York.

A Eduardo J. Villarreal, por prestarme la guitarra para la sesión de fotografía de portada.